读者文摘全集精华版·职场故事

冯有才　主编

DUZHE WENZHAI QUANJI JINGHUA BAN
ZHICHANG GUSHI

北京工业大学出版社

图书在版编目（CIP）数据

读者文摘全集精华版·职场故事 / 冯有才主编. —
北京：北京工业大学出版社，2018.7
　　ISBN 978-7-5639-5984-6

　　Ⅰ.①读… Ⅱ.①冯… Ⅲ.①故事 – 作品集 – 中国 –
当代　Ⅳ.①I247.81

中国版本图书馆CIP数据核字（2018）第006465号

读者文摘全集精华版·职场故事

主　　编：冯有才
责任编辑：李　杰
装帧设计：同人阁文化传媒
出版发行：北京工业大学出版社
　　　　　（北京市朝阳区平乐园100号　邮编：100124）
　　　　　010-67391722（传真）bgdcbs@sina.com
出 版 人：郝　勇
经销单位：全国各地新华书店
承印单位：香河利华文化发展有限公司
开　　本：880毫米×1230毫米　1/32
印　　张：8.25
字　　数：200千字
版　　次：2018年7月第1版
印　　次：2018年7月第1次印刷
标准书号：ISBN 978-7-5639-5984-6
定　　价：26.80元

阅读是一种修行

曾几何时，城市的灯红酒绿与灯火阑珊映红了越来越多的脸颊，读书反倒成了一种奢侈。报刊亭越来越少，新华书店里也只有中小学生的身影，取而代之的，是越来越浓的商业气息，以及手机的全功能了。

我出生在20世纪80年代，处于一个尴尬的年龄段。没赶上七八十年代纯文学的火热，也没有赶上当下年轻人的潮流思想。但在我的成长中，读书是最令自己欣慰和幸福的事儿。可惜家里没有条件，书基本上是借来的，内容当然也是五花八门，既有中外历史名著，又有武侠小说，还有当代纯文学，当然，我最爱看的还是那些沁人心脾的心灵类期刊，比如《读者》《青年文摘》《辽宁青年》等。

切莫笑话我落伍。当下心灵鸡汤已泛滥成灾，您得想一想，当一个人在文字间寻求心灵自我都被嘲笑的时候，这个时代是怎样的可怕？更可怕的，就是自己不知道自己每日也在如此生活。

这些年，我去过不少城市，唯一印象深刻的，就是安徽省黄山市休宁县。这是一个皖南小县城。与全国其他大县相比，它毫不起眼，甚至可以说是微不足道。然而，它有一张名片让人印象深刻——全国状元县。这是古代出状元最多的县城。底蕴深厚的人文环境让历史中的文化人拼命汲取知识，考取功名。我在休宁住宿的那个晚上，特意逛了一下街，KTV、茶楼、棋牌室不多见，新华书店则营业到很晚很晚，且买书、看书的人不在少数，这的确令人欣慰与振奋。但愿当下的休宁依旧如故。

读书无关年龄，能看书尽量多看看书，给自己一个提升品位、净化心灵的机会，人生才能充实而又有意义。商业气息过于浓烈，心怎样才能静下来？这或许会影响个人的行为或决策。

看看书吧，给孩子一种榜样的力量！

看看书吧，给自己一次心灵的沉淀！

是为序。

冯有才

2017年11月15日

第一章　把理想先放一放

把理想先放一放……………………………………………2

让表跑快三分钟……………………………………………4

创造理由，摘到苹果………………………………………6

从改变自己开始……………………………………………9

等到最后的"幸运者"……………………………………12

"闯"来的机会……………………………………………15

改变一个难以改变的人……………………………………17

给弯路画上"龙鳞"………………………………………21

计划不如实践………………………………………………23

坚守的价值…………………………………………………25

埋在琐碎里的成功…………………………………………28

你就是第一…………………………………………………31

奇迹是有心人创造的……………………………………………… 34

上帝不会让你一无所有…………………………………………… 37

我自信，因为我失败过…………………………………………… 40

第二章　彪悍的人生不需要点赞

给咖啡加点糖……………………………………………………… 44

羚羊为何喜欢跳跃………………………………………………… 46

齐威王兼听则明…………………………………………………… 48

强弱之道…………………………………………………………… 50

让世界跟你一起偷懒……………………………………………… 53

如果爱，请深爱…………………………………………………… 55

试用期的热情……………………………………………………… 58

适时藏起自己的锋芒……………………………………………… 61

首先营销自己……………………………………………………… 63

无用的工作………………………………………………………… 65

彪悍的人生不需要点赞…………………………………………… 67

心软走世界………………………………………………………… 69

一个梨子的骄傲…………………………………………………… 72

越过无条件拒绝…………………………………………………… 75

总有一扇门为你而开……………………………………………… 77

赞美与贬责………………………………………………………… 80

第三章　成功，不是指望对手栽跟头

把香味留在别人的脚跟上………………………………………… 84

成功，不是指望对手栽跟头···86

成功眷顾不走寻常路的人··88

改写命运需要多长时间··91

将敌人变成朋友··93

捷径通向最远的路··95

境界犹如撑竿跳··98

没有卑微的工作···101

能做路人甲，就别做路人乙··104

谁是你生命中的贵人··107

提着灯笼找自己···110

王安石的另类智慧···112

我比你傲慢···115

别把自己的马儿策得太快··117

一笑露出八颗牙···119

第四章　和你相信的价值一起前进

和你相信的价值一起前进···122

勇于承担···124

本田公司的营销智慧··126

比尔·盖茨的管理艺术···128

被选中的器皿···130

慈善开启商机之门··132

达尔文妙劝爱子···135

伏尔泰的天真与深邃··138

不要等别人推你出去··141

亨德利的球杆……………………………………143

半夜一点钟的感动………………………………145

洛克菲勒的备注…………………………………147

天有多高，心有多宽……………………………150

韦恩的选择………………………………………152

意志力……………………………………………154

第五章　拥有一颗原生态的心

拥有一颗原生态的心……………………………158

守住自我…………………………………………161

一念之差…………………………………………163

兔子的智慧………………………………………165

一张饼的命运……………………………………167

头顶盾牌的鱼……………………………………169

一鸣惊人…………………………………………171

危机也是商机……………………………………173

希望清单…………………………………………176

新人不是"活雷锋"………………………………178

寻一块招牌，放大自己…………………………180

一句价值15亿的广告词…………………………183

一只气球的蓝天梦………………………………186

只比别人多一点…………………………………189

第六章　心宽一寸，路宽一丈

被嘲笑的技能也会发光 ⋯⋯⋯⋯⋯⋯⋯⋯⋯⋯⋯⋯⋯⋯⋯ 192

别迷信"事不过三" ⋯⋯⋯⋯⋯⋯⋯⋯⋯⋯⋯⋯⋯⋯⋯⋯⋯ 194

捕猎的需要 ⋯⋯⋯⋯⋯⋯⋯⋯⋯⋯⋯⋯⋯⋯⋯⋯⋯⋯⋯⋯⋯ 196

心宽一寸，路宽一丈 ⋯⋯⋯⋯⋯⋯⋯⋯⋯⋯⋯⋯⋯⋯⋯⋯⋯ 198

别让理想毁了人生 ⋯⋯⋯⋯⋯⋯⋯⋯⋯⋯⋯⋯⋯⋯⋯⋯⋯⋯ 201

被放大的难度系数 ⋯⋯⋯⋯⋯⋯⋯⋯⋯⋯⋯⋯⋯⋯⋯⋯⋯⋯ 203

彩妆大使求职也曾被拒 ⋯⋯⋯⋯⋯⋯⋯⋯⋯⋯⋯⋯⋯⋯⋯⋯ 205

吃回头草别心虚 ⋯⋯⋯⋯⋯⋯⋯⋯⋯⋯⋯⋯⋯⋯⋯⋯⋯⋯⋯ 208

低开高走是一种智慧 ⋯⋯⋯⋯⋯⋯⋯⋯⋯⋯⋯⋯⋯⋯⋯⋯⋯ 210

洞悉 ⋯⋯⋯⋯⋯⋯⋯⋯⋯⋯⋯⋯⋯⋯⋯⋯⋯⋯⋯⋯⋯⋯⋯⋯⋯ 212

奉承是蘸着蜜的毒 ⋯⋯⋯⋯⋯⋯⋯⋯⋯⋯⋯⋯⋯⋯⋯⋯⋯⋯ 214

给太后的礼物 ⋯⋯⋯⋯⋯⋯⋯⋯⋯⋯⋯⋯⋯⋯⋯⋯⋯⋯⋯⋯ 217

和睦与紧张 ⋯⋯⋯⋯⋯⋯⋯⋯⋯⋯⋯⋯⋯⋯⋯⋯⋯⋯⋯⋯⋯ 220

红尘悲苦 ⋯⋯⋯⋯⋯⋯⋯⋯⋯⋯⋯⋯⋯⋯⋯⋯⋯⋯⋯⋯⋯⋯ 222

不要老等闹钟催 ⋯⋯⋯⋯⋯⋯⋯⋯⋯⋯⋯⋯⋯⋯⋯⋯⋯⋯⋯ 225

第七章　笑不到最后的"机会主义"

加尔文登山识人 ⋯⋯⋯⋯⋯⋯⋯⋯⋯⋯⋯⋯⋯⋯⋯⋯⋯⋯⋯ 228

将空气卖给石油大王 ⋯⋯⋯⋯⋯⋯⋯⋯⋯⋯⋯⋯⋯⋯⋯⋯⋯ 230

笑不到最后的"机会主义" ⋯⋯⋯⋯⋯⋯⋯⋯⋯⋯⋯⋯⋯⋯⋯ 232

火锅外卖 ⋯⋯⋯⋯⋯⋯⋯⋯⋯⋯⋯⋯⋯⋯⋯⋯⋯⋯⋯⋯⋯⋯ 234

懒散师傅勤快徒弟 ⋯⋯⋯⋯⋯⋯⋯⋯⋯⋯⋯⋯⋯⋯⋯⋯⋯⋯ 236

老外史蒂芬···238

冷门淘金的智慧·····································240

热爱自己···242

舒适的代价···244

买张机票发传单·····································247

一只攀上了高枝的鸡·································249

第一章

把理想先放一放

生活中，我们经常会远离自己的理想。其实很多时候，并非是由于我们自身的原因，更多的是因为还没找到机遇。有时候，我们需要将理想稍稍放一放，让自己一边成熟，一边守候。我们守候的，不仅仅只是自己的理想，更是毅力的挑战、品质的磨炼，还有能让自己随时拎起理想而跨步飞奔的机遇。

把理想先放一放

文|冯有才

那个炎热的夏天，大专刚毕业的我怀里揣着自己发表过的近50万字的作品，奔波于各大杂志社之间。因为从爱上写字的那一天起，我就已经将编辑这一职业摆在了我理想的精神圣地。

对于我，以及我的作品，杂志社的老总们总是很和蔼地点了点头，然后又很无奈地摇了摇头。我明白他们的意思：点头，是因为他们对我的肯定；摇头，是表示他们杂志的人员已经饱和了。对于我，以及我的理想，一时之间他们爱莫能助。看着他们如此重复的动作，我很是沮丧，但是，我从未怀疑过自己的能力，怀疑过自己理想的可实现度。因为我知道，有时候，好的机遇其实比能力更重要。

一段时间后，情况并没有好转，面对逐渐羞涩的口袋，以及自己一时无法实现的理想，我知道，此刻，是我放下理想的时候了。但放手绝不等同于放弃，待到时机成熟，我会再次拎起早先放下的理想，跨步前行。

一周后，我应聘进了一家广告公司，此时的我，在做好手里工作的同时，仍留心着，尝试着，盯紧杂志社的大门。因为我知道，放下理想，并非是要丢弃理想，而是为了更好地找到时机。

11个月后，省城的一家杂志社招聘两名编辑，面对众多的应聘者，杂志社的老总仍能一眼就认出我。他拍了拍我的肩膀，告诉我道："小伙子，就凭你能够将理想守住一年，就凭你的耐性与毅力，我们要定你了！"

那一刻，我知道，我终于可以拎起自己的理想跨步向前了。

生活中，我们经常会远离自己的理想。其实很多时候，并非是由于我们自身的原因，更多的是因为还没找到机遇。有时候，我们需要将理想稍稍放一放，让自己一边成熟，一边守候。我们守候的，不仅仅只是自己的理想，更是毅力的挑战、品质的磨炼，还有能让自己随时拎起理想而跨步飞奔的机遇。

原载于《黑龙江晨报》

让表跑快三分钟

文|王治国

一位朋友，大学毕业后，慕名来到一座陌生的城市，应聘某电器集团市场部主管助理职位。经过层层选拔，朋友如愿以偿地从强手如林的竞争对手中脱颖而出。

"你觉得自己最大的优点是什么？"上班第一天，主管这样问他。

"我的时间观念非常强，从不愿意也不会浪费一分钟时间，甚至有时我的做事计划可以精确到秒。"

"这很好。这是个时机稍纵即逝的竞争社会，惜时如金的人很容易取得成功。"主管十分满意，"为了欢迎你的加盟，今晚五点半我们在京都大酒店为你举行欢迎宴会，你现在先回住所休整一下吧。"

"谢谢！请问从住所到酒店需要多长时间？"

"打车只需十五分钟。"

"好的，到时见。"朋友再次表现了他的时间管理意识。

回到住所，朋友有条不紊地做着准备工作。五点十五分，他西装革履、精神抖擞地乘上出租车赶往酒店。但令他气恼的是，因正值下班高峰，路上竟然出现了堵车！好在酒店就在地铁站口附近，为能按时赴约，他果断地放弃出租车改乘地铁。尽管他及时改变出行方式，争分夺秒，但等他气喘吁吁地出现在酒店时，还是迟到了三分钟。

总管显然有些不满，神情庄重地问："你不是个时间观念很强的人吗？"

"出行时间我是经过精确计算的，正常的话我肯定会准时赶到的，但没想到这座城市堵车这么严重，我是改乘地铁，然后跑步赶来的。"

鬓角发白的主管显然并不愿意认同他的解释："尽管你做了很大努力，但迟到已经是不争的事实。你为什么不早三分钟出门呢？"

"我是掐着时间出门的，我不想浪费自己每一分钟时间。"朋友显得很无辜。

"你不想浪费自己每一分钟时间，这很好。但你有没有想过，由于迟到，你却浪费了在这里等你的所有人的时间？"

朋友无语。

主管意味深长地说："身在职场，既要对自己负责，充分把握好每一分钟时间，又要为他人着想，不去浪费别人的每一秒时间。因为这不但能折射出个人的职业素养，也体现着尊重他人的人际修养。"

这一件小事对朋友的触动很大。回去后，他把自己的手表、手机，以及床头的闹钟都调快了三分钟。从那以后，无论是上班、赶车，还是去开会、访问客户，他再也没有迟到过，因此受到了同事以及客户的广泛好评。

"请把表调快三分钟。这样做不但有助于你自己进行时间管理，更能反映出你对制度以及他人的尊重态度，会让你在职场中更游刃有余！"如今，已经升任主管的朋友在一次次欢迎新同事的宴会上，总会不厌其烦地重复这番话。而这，正是他升职的秘诀。

原载于《思维与智慧》

创造理由，摘到苹果

文|冯有才

大专毕业前的半年，学校组织我们在一所法院实习。

法院的旁边，是家报社，因为热爱文字，所以我也刻意地制造机会接近报社，比如投稿，比如提供新闻线索。我的目标也很明确：希望自己毕业后能在这家报社上班。我也知道，这很不现实，因为据我所知，这家报社只接受本科生，并且大部分都是重点大学的毕业生。竞争相当激烈，我想：只要我在报社旁边的法院实习一天，我就努力多给自己一天的机会。

3个月后，报社记者部和编辑部的很多人都认识我了，知道有一个热心投稿、热心提供新闻线索的年轻人了。而我，也在这极短的时间里，基本上熟悉了报社工作的大致流程，我和报社的记者、编辑的关系都很不错。他们私下里告诉我，报社过几个月可能要进人。听到这，我的心中一阵窃喜。

不久我发现，报社的许总编很喜欢钓鱼。尤其是一到周末，他就会独自骑个自行车，来到护城河边，安静地钓鱼。得知这一信息，我的心中一阵高兴，尽管我不喜欢钓鱼。以后的一个月里，护城河边，有一个50多岁的老人和一个20多岁的年轻人，每到周末，就会准时来到这里钓鱼。

慢慢地，许总编也开始注意到了我，一次两次，最后我们聊上了。有一次他很突然地问我："小伙子，你也喜欢钓鱼？"

"不太喜欢。"我如实回答道。

"那你为什么还要每周坚持来钓鱼？"

"我在给自己机会。"

"什么机会？"他很感兴趣。

"接近你的机会。"

"为什么？"我的话似乎吊起了他的兴趣。

"我想让你从认识我，到了解我，再到熟识我。因为我知道，你们报社过段时间可能要招聘新人，我想让你给我这个大专生一次公平参加考试的机会，我仅仅只需要这个机会，仅此而已！"说到这，我激动起来。

许总编低下了头，沉默了许久，才开口道："一个月后，你再来报社找我。"

果然，一个月后，我在报纸上看到了招聘启事，是他们报纸招聘两名副刊编辑的启事。依照他当初的话，我到报社找到了他，他开给了我一张便笺。然后凭着这张便笺，我顺利地报了名。

先是笔试，96人参加的考试，我考了第四名。然后的面试，是许总编亲自组织主持的，他也是主考官。对于他，我并不陌生，甚至我心里还暗自高兴。

他问我："如果你是副刊编辑，我给你篇稿子，你发不发？"

"发！因为我相信许总编您挑中的稿子一定是有质量保证的。"

"如果文章非常差，错漏百出呢？"

"发！因为我会用我的文笔，把文章细心修改润色的。"

"如果我要你尊重作者，不准修改呢？"许总编穷追不舍。

"发！不过我会在文章的醒目位置，再加上一个栏目小标题——'短文改错'。"

那一刻,许总编笑了:"你很狡猾!"

我笑着回答他:"不是我狡猾,是我十分想得到这份工作。在这个过程中,我一直都是在给自己制造理由、创造机会的。投稿、提供新闻线索给报社,我是在熟悉报社的工作环境,同时也是在给自己找线索,让自己及时地了解报社的用人信息。制造钓鱼的机会接近你,我是让自己熟悉你,知道你是一个爱才的领导,同时我也让你了解我,我的确是有用之才,的确能胜任报社的工作。"

那一刻,我看到了许总编的点头和微笑,我也知道,自己赢得了机会,赢得了面试。事实证明,我是报社五年来唯一招聘进来的大专生。

上帝说:我们可能摘不到高高在上的苹果,但我们可以找个理由去接近它、观察它,我们每走近一步,便离苹果更近一步。走近走近再走近,对你来说每一次都是成功。很多时候,在你努力前进的同时,你会有突然的惊喜——苹果熟透了,然后突然跌落在你的掌心。

学会给自己制造理由,这是一种积极的心态,更是一种毅力的考验。

原载于《风流一代》

从改变自己开始

文｜朱砂

1930年初秋的一天，东方刚刚破晓，一个只有1.45米的矮个子青年从位于东京目黑区神田桥不远处的公园的长凳上爬了起来。他用公园里的免费自来水洗了洗脸，然后从容地从这个"家"徒步去上班。在此之前，他因为拖欠了房东七个月的房租已经被迫在公园的长凳上睡了两个多月了。

他是一家保险公司的推销员，虽然每天都在勤奋地工作，但收入仍少得可怜。为了省钱，他甚至不吃中餐，不搭电车。

一天，年轻人来到东京日本桥小传马町，闯进了一家名叫"村云别院"的佛教寺庙。

"请问有人在吗？"

"哪一位啊？"

"我是明治保险公司的推销员。"

"请进来吧！"

听到"请"这个字，年轻人喜出望外，因为在此之前，对方一听到敲门的是推销保险的，10个人中有九个会让来人吃闭门羹的，有时即使有人让推销员进门，态度也相当冷淡，更不要说说"请"了。

年轻人被带进庙内，与寺庙住持相对而坐。

寒暄之后，他见住持无拒人之意，心中暗暗叫好，接下来便口若悬河、滔滔不绝地向这位老和尚介绍起投保的好处来。

老和尚一言不发，很有耐心地听他把话讲完，然后平静地说："听完你的介绍之后，丝毫引不起我投保的意愿。"

年轻人愣住了，刚才还十足的信心仿佛膨胀的气球突然被人扎了一针，一下子泄了气。

老和尚注视着他良久，接着又说："人与人之间，像这样相对而坐的时候，一定要具备一种强烈吸引对方的魅力。如果你做不到这一点，将来就没什么前途可言了。"

年轻人哑口无言。

老和尚又说了一句："小伙子，先努力改造自己吧。"

从寺庙里出来，年轻人一路上思索着老和尚的话，若有所悟。

接下来，他组织了专门针对自己的"批评会"，每月举行一次，每次请五个同事或投了保的客户吃饭。为此，他甚至不惜把衣物送去典当，目的只为让他们指出自己的缺点。

"你的性子太急躁了，常常沉不住气……"

"你太固执了，常常自以为是，往往听不进别人的意见，这样很容易招致大家的反感……"

"推销保险，你面对的是形形色色的人，你必须要有丰富的知识，你的常识不够丰富，所以必须加强进修，以便能很快与客户寻找到共同的话题，拉近彼此间的距离……"

年轻人把这些可贵的逆耳忠言一一记录下来，随时反省、勉励自己，努力扬长避短、发挥自己的潜能。

每一次"批评会"后，他都有被剥了一层皮的感觉。通过一次次的批评会，他把自己身上那一层又一层的缺点一点点剥离了下来。

随着缺点的消除，他感觉到自己在逐渐进步、完善、成长，日渐成熟。

　　与此同时，他总结出了自己含义不同的39种笑容，并一一列出各种笑容要表达的心情与意义，然后再对着镜子反复练习，直到镜中出现所需要的笑容为止。他甚至每个周日晚上都要跑到日本当时最著名的高僧伊藤道海那儿去学习坐禅。

　　有道是功夫不负有心人，一次次的"批评会"、一回回的坐禅，这个年轻人像一条成长的蚕，随着时光的流逝悄悄地蜕变着。到了1939年，他的销售业绩居全日本之最，并从1948年起，连续15年保持着全日本销售第一的好成绩。

　　1968年，他成为美国百万圆桌会议的终身会员。

　　这个人就是被日本国民誉为"练出价值百万美金笑容的小个子"、美国著名作家奥格·曼狄诺称之为"世界上最伟大的推销员"的推销大师原一平。

　　"我们这一代最伟大的发现是，人类可以经由改变自己而改变命运。"美国哲学家威廉·詹姆斯如是说。

　　原一平用自己的行动印证了这位哲学家的话，那就是：有些时候，迫切应该改变的，或许不是环境，而是我们自己。

原载于《辽宁青年》

等到最后的"幸运者"

文｜路勇

　　那年，他是刚从师范中文系毕业的学生，在中小学教孩子们语文不是他的心愿，当一名为他人做嫁衣的编辑才是他的志向。

　　城市主流媒体的编辑岗位很诱人，但是高高的门槛让人生畏。于是，他开始留意报纸的招聘版，希望得到一些小报招聘编辑的信息。功夫不负有心人，他终于发现一则某企业内刊的招聘信息。那家企业是市内大名鼎鼎的企业，当然内刊编辑的职位并不太耀眼。不过，他选择低姿态进入，努力争取自己的第一份编辑工作。

　　寄出自己的求职材料后，他耐心地在租住的小屋里等待。三天后，他接到了面试的通知，周日是所有求职者统一面试的时间。到了现场，他粗略数了数，来参加面试的有二三十人之多。可以说，他有求职的欲望，却没有胜出的把握，心底多少有些忐忑。

　　周日，上午九点，负责面试的经理并没有出现，一个工作人员来回焦急地走动，不断拨打电话询问着什么。接着，工作人员说："经理正从外地赶回来，据铁路部门说火车要晚点一个小时。经理之前有交代，求职的朋友们一定要等他，今天一定会选出内刊编辑的人员。"

　　一个小时，可以翻完一份报纸，看完半本杂志；一个小时，可以去附近吃一下早餐，增加体力；一个小时，可以把面试的情景在脑海里再虚拟一次……显然，所有的求职者都选择了第三套方案，没有人敢开小差，更没有人敢贸然离开。

十点，经理依旧没有出现在大家面前，工作人员不再来回走动。工作人员发布了新的消息："经理乘坐的列车滞留在倒数第二站，估计中午前可以到达，最迟下午上班前到达。"话音一落，有三两个求职者嘟哝着："这个经理真没时间观念，我们不等了，去别的地方应聘好了。"

中午，经理依旧没有露面，工作人员邀请求职者去员工食堂简单进餐。进餐后，回来继续等待经理面试的只有十五个人，显然又有不少人选择了离开。"大概好事多磨吧！"他这么想着的同时，环顾四周，其他的求职者还真没他这么淡定，神情越来越焦躁不安。

工作人员带来了更坏的消息："因为出现了铁路隧道塌方，火车到达时间无法估计。不过，恳求各位求职者耐心等待，经理一回来，面试即刻进行。"说完，工作人员便离开了，他无法面对苦苦等待的求职者。整个下午，求职者交头接耳、抱怨不断，不断有人离开，到下午下班的时候，只剩下三个人。

"经理换乘了一辆的士，已经在赶回来的路上，请三位留下。"工作人员的挽留作用甚微，三位求职者仍然走了两位。走掉的两位中的一个还说："请转告你们经理，希望别再和求职者开这样的玩笑，我们的时间其实也很宝贵的。"

留下的只有他，从早上九点等待下午五点，他继续选择安静地等待，从头到尾没一句怨言。当经理乘坐的的士到达时，已经是晚上九点。他十二个小时的耐心等待，换来的是他梦寐以求的编辑职位，雀跃的心情像饥饿的人等来一顿大餐。

经理录用他的理由很简单：在所有求职者里，你毕业的院校不知名，没有相关的工作经验，能力说不定还有欠缺。但是，你等到最后的坚韧和耐心，实在让我非常感动。所以，我也愿意给你这个机会，并耐心等待你日渐成熟，把我们的企业内刊越办越好。

这个等到最后的"幸运者"获得了工作的机会，在自己喜爱的岗位上兢兢业业，他负责的企业内刊多次获得全国性的评选奖项。后来，他还凭借在企业内刊多年的工作经验，成功跃入一家主流媒体担任副刊编辑一职，将自己最初的梦想在更大的平台上发扬光大。当前，他已经是国内最优秀的副刊编辑之一，他负责的版面和编辑的文章，多次获得省市及国家级的新闻奖项。在他办公室的墙壁上，没有太多煽情的励志条幅，只有自己写的苍劲有力的一个"等"字。

巴尔扎克说过，善于等待的人，一切都会及时来到。大作家的话不无道理。机会眷顾有准备的人，耐心的等待敲开的不仅是运气之门，更可能是通往成功之门。而被等待吓倒的人，在半山腰甚至山脚下便早早撤退，显然就品尝不到"一览众山小"的快意了。

原载于《阅读经典》

"闯"来的机会

文 | 路勇

那家影楼开始大肆做招聘广告时，我和摄影师杨洋都觉得那个职位，无疑是为我们中间的某一个"定做"的。我和杨洋结伴而行，来到那家影楼的人事部时，离面试开始还有一个小时，门前却浩浩荡荡排了一百多号人，还时不时有后来者加入。百分之一的机会，让我们心底顿时没了底。

进入面试办公室要通过一条冗长的甬道，离我们的等候席很远。前面的求职者一个挨一个走向那神秘的办公室，出来的人脸上都讳莫如深，让我们心底更没有把握了。只能听天由命了，看好运是否会降临到自己头上来。

面试的进度非常慢，轮到我已经到下午了。我拎着自己的作品和简历，大步上前。没想到，那间面试的经理办公室的门紧闭着，透过门缝也看不到丝毫的光亮。我不明白他们葫芦里卖的什么药，只有礼貌地敲敲那扇紧闭的门，等待经理或者经理秘书来开门，让我的面试顺利进行。

我敲了好长时间的门，大约每隔五分钟重复一次。慢慢地，我明白了，这一定是一个别出心裁的面试，想必是在考验面试者的耐心。当经理终于开启那扇门的时候，我更是坚定不移起来。纵使经理没有给我明确的答复，我还是满脸阳光灿烂地离开了。

我后面进去的是杨洋，没想到他的面试比我简单很多，十来分钟就出来了，而他脸上俨然是稳操胜券的表情。

回家的路上，杨洋向我透露，影楼已经确定录用他了。面试者的资料影楼方面早就烂熟于心，这次面试就是考验一下求职者的创造力和临场经验。办公室的门是经理故意关闭的，还有意关闭了办公室的灯。大部分求职者因为礼貌的原因，不敢贸然进入，于是只能一遍遍敲门，但是机会却在敲门中溜走了。杨洋也敲了门，但是考虑到面试很重要，经理不会临时溜岗，于是敲了几下就推开了办公室的门。没想到门并没有锁，于是进去了。经理说，杨洋是今天面试时唯一懂得"闯"进来的求职者，也成了唯一一个抓住机会的人。

我只能心服口服地祝福我的同事了，也默默告诉自己，下次的机会，要靠自己去"闯"了。

原载于《青年参考》

改变一个难以改变的人

文|尹玉生

还记得影片《华尔街》里戈登这个经典形象吗？著名影星迈克尔·道格拉斯正因为塑造了这一令人难忘的角色而获得了那一年的奥斯卡最佳男主角奖。戈登无疑是一个让所有的人都厌憎的人。他贪婪、冷酷、奸诈，为了追逐金钱，不惜采用任何手段。戈登这种人，还有一个最大的特点，那就是哪怕世界上所有的人都对自己厌恶至极，他们也绝不会丝毫改变一点自己的秉性，相反，他们很容易地就找到坚持自己行为的理由：比如戈登常常会对自己说："人人都是这么做的。""除了我们，还有谁会知道呢？"因此，戈登这类人，我们可以将他们定义为"无法改变的人"，或者"极难改变的人"。

现实生活中，并不缺乏这样的"极难改变的人"。我的客户迈克先生就是这样一个难以改变的人。当然，迈克并不存在戈登那样的道德问题，而只是性格、脾气方面的问题。即使是这样，迈克先生的问题依然非常严重。让我们看一下他在公司人际关系测评中的表现，就知道他的情况有多么糟糕了。他在全公司员工都参与测评的考核中，得到的支持率竟然是令人吃惊的0.1%，在总共100名部门经理中，他是货真价实的倒数第一名！"傲慢、粗鲁、出言不逊、脾气火爆、对待同事和下属就像对待车道旁边的尘土……"这就是大家对他的普遍评价。

然而，与他的0.1%同样令人惊异的，是他创造的另外一个数字：去年一年，他带领他的部门，实现了高达400万美元的赢利。他的贡献如此巨大，以至于公司总裁特意将他晋升为公司管理委员会的委员。在骄人成绩的"支持"下，迈克的坏脾气变得更加让人难以忍受。在一次次经理会议上，人们发现迈克的脑子和嘴巴中间的"阀门"已经彻底失效，许多攻击性的、无礼的、粗鲁的话语未经任何拦截便脱口而出，即使是对总裁（迈克最大的支持者）也是如此。万般无奈的总裁发出了"谁能帮助迈克改变"的求救声。

我是第三位被公司聘请帮助迈克改变的经理人教练，前两位经理人教练面对固执、根本无法改变的迈克，不得不神色黯然地承认了自己的失败。两位教练的离去，使得总裁几乎被迫做出一个痛苦的决定：辞去业绩突出却人人厌恶的迈克。我成为总裁最后一根救命稻草。

当我第一次见到迈克的时候，我就明显地感觉到，他对自己的成绩喜形于色，对自己的坏毛病却置若罔闻。我知道，他的成绩将会使他的改变变得更加困难。我的前两位同行的失利，给了我足够的警惕。按照任何常规的教练方法，都不会在迈克身上取得效果，我必须找到一个突破口。

经过两周的接触、走访，经过我反复的思量，我觉得我找到了促使迈克改变的突破口——从他最爱的人入手。

我与迈克坐在咖啡厅里，我开门见山地对他说道："我无法帮你挣到更多的钱，你已经挣得够多了。我想和你谈的是，你的自我。你在家中是怎样对待你的家人呢？"

迈克显然没有料到我会问这个问题，他愣了愣神，然后坚定地告诉我："我在家中和公司是截然不同的两种人。我从来不把工作带回家中，我的业余时间都属于我的家人。我可以自豪地说，我是一个好丈夫、好父亲。我在华尔街是一名战士，但我在家中是一只温顺的猫咪。"

"你确定是这样吗？"我问道。

"当然！"他异常坚定地回答道。

"那么，为什么不打电话把你的妻子和两个孩子邀请过来，让他们证实一下你的话语呢？"

"没有问题。他们会向你证实我的话语一点儿不假。"迈克自信地拨通了家中的号码。

没过多久，迈克的妻子和孩子赶了过来。等我将迈克的话语转述给他们的时候，他的妻子立即反驳道："像个温顺的猫咪？像个怪物还差不多！"

"不！爸爸更像一个暴君！"他的大儿子说道。

迈克的脸色变得十分难看："我在你们心目中竟是这个样子！"

"迈克先生，事实上，比这还要糟糕，你在每一个认识你的人心中都是这个样子，甚至更差。你的同事们断言，将来不会有一个人去参加你的葬礼。尽管你为公司做出了很大贡献，但你的坏毛病正在促使你的老板做出解雇你的决定！"

迈克被我的话语重重地击溃了，他将头深深地埋在了咖啡桌上。"迈克，亲爱的，你为什么不能改掉你的坏脾气呢？"迈克的夫人说道。

"爸爸，你能改好的！"两个孩子异口同声地说道。

沉默了很久，迈克终于说道："马歇尔先生，你击中了我！能挣钱并不是可以粗暴无礼的理由。我是得改一改了，因为我有一个我爱的妻子，有两个我疼爱的孩子，我很羞愧，我在他们心中竟然是这样的形象！"

一年之后，迈克的人际测评分达到了50%。

任何人都是可以改变的，只要能够调动起他们改变的愿望。改变一个难以改变的人，他挚爱的人是最好的突破口。

原载于《意林·原创版》

给弯路画上"龙鳞"

文|李丹崖

约翰·奥兹是美国加州的一位小市民，他热爱旅游，崇尚自由，20世纪80年代，看到美国旅游业一直没有一家像样的旅游公司时，他萌生了组建一家"人性化"旅游公司的想法。可是，一个小市民哪里有那么多资金？没办法，约翰·奥兹只得做了一名出租车司机。

约翰·奥兹开着自己的出租车每天奔波在大街、车站、各大旅游景点之间，他发现许多旅行团都是事先规定好了线路，在整条线路上，不得中途下车，就连购物，也被安排到指定的商店。一时间，游客们的期望值大打折扣，尤其是外籍游客，甚至对加州和美国产生了不良印象。

看到这些，约翰·奥兹决定利用自己的微薄之力给前来坐自己出租车的外地游客提供尽可能好的服务。游客搭乘约翰·奥兹的的士出行，约翰·奥兹会给他们讲述一些本地风土民情，在哪里能买到最物美价廉的商品，哪里虽说不知名但是比知名景点更好玩……渐渐地，有游客开始跟约翰·奥兹索要名片，有越来越多的人包他的车出门旅游，一转就是一整天。约翰·奥兹是个热心肠，性格也开朗，适当的时候，看游客高兴了，约翰·奥兹还会为游客们唱一首本土风情的民谣。

后来，随着约翰·奥兹的生意越来越好，他有些应付不过来。这时候，约翰·奥兹开始邀请自己的同事加入到这份事业中来。当然了，这些同事必须要有责任心，对工作有热情，对游客亲切。同事们也懂得感恩，对于约翰·奥兹介绍来的生意，他们会向约翰·奥兹支付一些信息费，约翰·奥兹并不白拿这些钱，他会定期给同事们讲述一些接待技巧，令大家都感觉很受用。

就这样，约翰·奥兹的梦想迂回实现了。在20世纪90年代，约翰·奥兹辞去了自己所在的士公司的工作，带头成立了一家巴士旅游团。刚开始规模小，硬件也跟不上，但约翰·奥兹在软件服务上狠下功夫，逐渐赢得了游客的口碑。1995年后，约翰·奥兹的旅游巴士由五辆扩大到30辆，公司拥有近百人。2006年，约翰·奥兹的旅游巴士如日中天，他的旅游巴士除了具备别人具备的一切条件以外，最温馨的一点就是允许顾客在任何感兴趣的景点下车，公司会指派专门的小汽车来单独接送。还有一点，这样人性化的旅游巴士票价仅为飞机票的40%。

这就是著名的"蜘蛛巴士"公司，如今已然成为全美巴士旅游业的翘楚，约翰·奥兹也顺理成章地做上了这家公司的老总。由一位出租车司机到一家响当当旅游公司的老总，约翰·奥兹的成功正是运用了实现梦想的"迂回战术"。

道路蜿蜒，有太多的人被拖垮在崎岖的弯道上，而约翰·奥兹却顺着弯路给沿途画上了"龙鳞"，于是，他当然"行运一条龙"了。

原载于《思维与智慧》

计划不如实践

文|沈岳明

加州扒房和比萨饼店，是20世纪80年代美国有名的两家连锁餐厅，几乎成了全美白领们的消费休闲之所。加州扒房的总裁雷诺兹和比萨饼店的总裁戴比，既是商场的劲敌，又是私下的朋友，他们互相竞争，又相互敬重，数年来两家在商场的地位都是势均力敌，不相上下。

几乎在同时，两家公司经过市场调查，得知咖啡店的市场很有潜力，于是都想尽快占领市场。于是，加州扒房的总裁雷诺兹和比萨饼店的总裁戴比，需要做的不再是对市场的调查，而是对劲敌的调查。他们分别派出商业密探，去调查对方公司关于经营咖啡店的真实意图。密探调查的结果很快反馈到了两位总裁的手里。

加州扒房的总裁雷诺兹的手里拿着的调查结果是这样的：比萨饼店是全美最有实力开发并经营咖啡店的公司，而且此次对咖啡店的开发势在必得。

比萨饼店的总裁戴比的手里也拿着这样一份调查结果：加州扒房是全美最有实力开发并经营咖啡店的公司，而且此次对咖啡店的开发势在必得。

面对如此劲敌，两家公司的总裁犹豫了。如果两家公司都出巨资打造咖啡店，抢占同一市场，那么所产生的后果将不堪设想，轻者会影响双方正在经营的店铺，重者很有可能会两败俱伤。很显然，这是一场危险的商业游戏。于是，双方就这样对峙着，谁也不敢轻举妄动。最终，加州扒房的总裁雷诺兹决定退出，他的想法是等对方先将资金投入到宣传工作中，等后期资金跟不上时，再伺机抢夺市场。令人想不到的是，比萨饼店的总裁戴比，在加州扒房的总裁雷诺兹决定退出的同时，也宣布退出了。

结果，极为戏剧性的场景就在此时出现了：那是20世纪90年代初，一家名叫星巴克的咖啡店，以惊人的速度抢占了市场，还没等比萨饼店和加州扒房明白过来是怎么回事，星巴克便遍布了全美。如今，星巴克公司是北美地区一流的精制咖啡的零售商、烘烤商及一流品牌的拥有者，它的扩张速度让《财富》《福布斯》等顶级刊物津津乐道，它仅仅用了10多年时间，就从小作坊变成在四大洲拥有5000多家连锁店的大企业。

许多人说这家名不见经传的小咖啡店，是夹在那两家著名的大公司中间捡了个大便宜，其实不是这样。俗话说，狭路相逢勇者胜，它的成功完全取决于一种勇气。当市场的美好前景已经众所周知，当许多有实力的公司还在犹豫不决的时候，那么胜利就掌握在那个敢于出击的人的手中。

原载于《讽刺与幽默》

坚守的价值

文|姜钦峰

　　朋友聚会，各行各业的都有，大家高谈阔论，从潜规则谈到了职业道德，纷纷感叹坚守不易，老实人总吃亏。唯独一位律师朋友不说话，我问他，难道你们这行没有诱惑？他说，有，当然有。

　　那是好几年前的一个案子。一位农民工兄弟，傍晚从建筑工地下班回家，在回出租屋的路上，不小心被一辆小货车撞倒，断了一条腿。伤者住院治疗，每天要支付大笔医疗费，车主担心赔不起，干脆一分钱不出。伤者家里很穷，现在又失去了劳动能力，急得没办法，于是咬牙花钱请律师，希望能尽快拿到赔偿款。

　　我接到这个案子，忽然意外发现，这不仅是一起交通肇事案，还属于工伤事故。根据法律规定，职工在上下班途中发生交通事故应认定为工伤，也就是说，伤者在这起事故中应该获得两笔赔偿，肇事司机要赔，建筑工地的老板也要赔。伤者和家属当然不懂这些，不然请律师干吗？我马上找到工地老板，说明理由，希望他先垫付一部分医药费。那是个年轻的包工头，态度很不友好："人又不是我撞的，关我什么事？"让他出钱，当然一百个不乐意，我说："那咱们只好法庭见了。"

　　没想到第二天早上，包工头就找到了我的办公室，一进门就满面春风，开门见山地说："王律师，咱们交个朋友，伤者给你多少代理费，我出双倍。"说着，他有意无意地把手里的公文包放在我的办公桌上，看来已准备好现金交易了。我一边给他泡茶，一边岔开话题，假装没听懂。这种钱当然不能要，可是我也不想让他当面难堪，只要这个案子没结，后面还得跟他打交道，闹翻了不好。

见我没什么反应，包工头呷了一口茶，又说："你放心，犯法的事绝不让你做，有些事情只要伤者不提出来，你稍微马虎点不就没事了吗？"不愧是做老板的，果然头脑精明，一般人遇到交通事故，只会问肇事车主要钱，哪会想到找老板。伤者只是个农民工，能懂多少法律，只要我不说，人家肯定不知道。生意人不做亏本的买卖，在律师身上花点小钱，就能省下一大笔工伤赔偿金，这笔交易对他来说太划算了。

我默不作声，脸带笑容，轻轻地摇头。他显然急了："如果您觉得这个价钱不合适，咱们再商量商量？"他说得越客气，越显得胸有成竹。看来他是志在必得，我沉吟片刻，伸出三个指头。"300万！"他吓了一大跳，马上就笑了，"王律师真会开玩笑。"我说："不是开玩笑，假如我今天收了你的钱，往大处说是出卖良心，违背职业道德，讲得实际点，我在这个行业里就混不下去了，以后谁还敢找我打官司？你这是断我的财路啊！"包工头哑口无言，脸色尴尬。我接着说："如果我再干30年退休，最保守估计每年赚10万，你花300万买断我的职业生涯，不贵吧？"

话说到这个分上，傻瓜都能听明白。包工头张口结舌，憋得满脸通红，半天说不出话，拎起公文包，转身就走了。两个月后，这个官司顺利了结，肇事车主老老实实地赔了钱，那个包工头也算仗义，见无法收买律师，干脆主动找到伤者协商，爽快地给了他一笔钱。伤者得到一笔"意外之财"，高兴坏了。

　　律师口才很好，一件正义凛然的事，被他说得轻松有趣。我不由得肃然起敬，冲他竖起了大拇指，笑道："真有你的，那个包工头一定恨死你了，恐怕一辈子都会记住你。""真让你猜对了，后来我们成了好朋友，还是亲密的合作伙伴。"律师随口答道。我顿时愣住，脑子一时怎么也转不过弯来。

　　原来，那个包工头生意越做越大，后来做了大老板，还成立了一家建筑公司。公司上了规模，需要一位兼职法律顾问，老总马上想到了这位铁面律师。两人相视一笑，一拍即合，当然报酬不低。再后来，由于建筑圈内的口碑相传，他又接到了好几家大公司的兼职业务。现在他就算不接其他案子，日子也过得挺滋润的。

　　真是不打不相识，我感慨道："人家都愿意请你，肯定是敬佩你为人正直。"律师笑了："你说对了一半，更重要的是——我办事，他们放心。"我想是的，当你身上具备了某些金钱买不到的东西时，别人才不敢轻视你的价值。

原载于《妇女》

埋在琐碎里的成功

文 | 朱砂

有这样两个年轻人。

甲大学毕业后，进入一家证券公司，给经理当秘书。

众所周知，所谓秘书，在一定程度上不过是保姆与文件夹的组合，秘书的首要职责就是将老板的日常琐碎处理好。

甲是个爱动脑子的人，在端茶送水这些小事上，他揣摩出许多道道：比如，老板的话讲得多时，便多倒几次水；老板讲得慷慨激昂时，便不要去倒水，以免打断他。

甲学的是英语专业，经常跟在老板身边做随身翻译。很快，他便琢磨出了什么样的话需要一带而过，甚至不需要翻译，什么样的话需要逐字逐句翻译，供老板在对方说话的语气中寻找对方的谈判意向，以便最大限度地让谈判向着自己利益最大化的方向倾斜。

同时，作为秘书，甲平时做得最多的，便是帮老板整理文件。一般的秘书都是喜欢按文件的时间先后摆放，甲却不这么做，他按照自己理解的文件的重要性来摆放，并且，将相互有关联的文件放在一起，以便老板随手便可找到自己最需要的东西。

当有人问甲为什么要这么做时，甲说，我是秘书，但我觉得，凡事秘书都应该站在老板的角度而不是站在自己的角度去考虑，最大限度地为老板提高效率是秘书的职责，哪怕这种琐碎不被人关注。

如此，当甲把所有的琐碎小事都做得与众不同时，老板便知道，再让他做这种沏茶倒水的事便是屈才了。

再说乙。

乙是个农村孩子，考了三次才挤进北大。他学习成绩并不太好，但乙从小热爱劳动，希望通过自己的劳动引起老师和同学们的注意。

于是，从上小学一年级的那一天起，他就一直打扫教室卫生，到了北大，这种习惯依然如故。

乙每天为宿舍打扫卫生，一扫就是四年，因为有他，宿舍的值日表变成了摆设。不仅如此，他每天都拎着水壶去打水，一打依旧是四年。四年中，扫地打水，他习惯了，大家也习惯了。偶尔，他忘了打水，同学们便会"理所当然"地问他："哎，你今天怎么没打水啊？"

许多人觉得，只有傻瓜才会去做这种得不到回报的小事，可乙却并不这样认为，他觉得，大家都是同学，互相帮助是应该的。如此，四年的时间内，打扫宿舍卫生和给全宿舍的人打水便成了他的分内。

毕业后，同学们各奔前程。大家都以为他的这些努力都白费了。然而，十年后，乙的公司缺人，他跑到美国和加拿大，大把地撒钱，想让当初的同学们知道，他们回到中国也能赚到钱。他希望他们能够回来帮他。最终，大家真的回来了。然而，大家回来的理由却不是因为他的钱，他们对他说，我们回去就是冲着你过去为我们打了四年的水，我们知道，你有这样一种精神，我们相信，你有饭吃肯定不会让我们喝粥。

如今，甲和乙都已成为中国小有名气的人物。甲叫卫哲，24岁便出任万国证券资产管理总部的副总经理，36岁成为阿里巴巴企业的电子商务总裁；乙叫俞敏洪，是中国最著名的民营培训学校新东方的创始人。

美国著名哲学家威廉·詹姆士这样评价一个人的行动与他一生命运的关系，他说：播下一个行动，你将收获一种习惯；播下一个习惯，你将收获一种性格；播下一种性格，你将收获一种命运。

许多时候，一个人的命运很大程度上取决于他的行动：同样是过琐碎的日子，有的人机械地重复着昨天的一切；而另一些人，却将成功的种子埋在了琐碎中，静待其开花结果，然后，用一个又一个琐碎的日子，打造出自己与众不同的生命历程。

原载于《辽宁青年》

你就是第一

文|冯有才

父亲是一个退休老师，在那个人才奇缺的时代，只有初中文凭的他顺理成章地成了村小学的一名数学老师。从他17岁教书开始算起，他这一教就是44年了。

2001年的夏天，在全国高校普遍扩招的形势下，只有大专文凭且毫无工作经验的我，在办完离校手续后，脸上便写满了对未来生活的沮丧和失意。在那段时间里，我宁愿一个人躲在家里吃饭、看电视、睡觉，也不愿意在外面抛头露面，更不必说在外面拼命地找工作了。看着我的这种情况，父亲私下里总是一阵阵摇头。

后来一次偶然的机会，父亲在报纸上看到了一则招聘启事，是中国联通驻我省的一家分公司要招聘一名文字秘书，待遇丰厚。可以毫不夸张地说，在那里面工作一个月的工资几乎能抵得上父亲教上大半年书。于是，在父亲的怒气下，我不得不整理好自己的就业材料，打算第二天到那家公司去试试。

等我去了那家公司后，我才发现，这次来应聘的人实在是大大地出乎了我的意料。那家公司仅仅只招聘一名文字秘书，可来应聘的却至少有200人，这其中不乏本科甚至是名牌高校的毕业生。在那些优秀的人才面前，我感觉自己十分渺小和不安。

回到家后，父亲什么话都没有说，只轻描淡写了一句：我就不信，我的娃子会比别人差劲！你去尽力试试，别给我丢了这张老脸！听了父亲的这番话，我无语。我知道：父亲在我这么失意和对我这么绝望的时刻，能够说出这样的话来，实在是一件让我感动不已的事情了。

很顺利，在第一轮的材料筛选中，我意外地入围了，然后便成了那50名有资格进入笔试人员中的一员。在第二轮的笔试中，我竟然又意外地入围了，进入那10名参加面试的人员名单之中，将接受市公司副总经理的面试。在这一轮面试中，连我自己都不相信，自己竟然能取得第二名的好成绩，很幸运地成为参加最后一轮面试的人员，接受省公司人力资源部经理的面试。

在要进行最后一轮面试的头一天晚上，父亲仍然没有说什么。他只用那双充满浊泪的眼睛看着我，然后对我说了六个字：儿子，好好努力！看着父亲那张辛酸的脸，我就暗下决心：这次，我一定要好好努力。

可是，第二天的面试，我却让自己失望了。因为从跨出面试办公室的那一刻起，我就已经知道了，这次的面试，我失败极了。果然，几天后的录用公布名单中，没有我的名字。那一刻，我伤心到了极点。

晚上的时候，父亲很意外地打了三块钱的散酒，和我喝了起来。在喝到兴头的时候，父亲用很激扬的语调对我说："儿子，我来给你算笔账。这次参加应聘的人有200多，你很幸运的成了1/200，在而后材料筛选中，你又成了1/50。在接着继续的笔试中，你又成了当中的1/10，在最后的面试中，你又成了1/3。你知道自己的竞争实力吗？那就是$1/200 \times 1/50 \times 1/10 \times 1/3 = 1/300000$。你再看看那名面试成绩第一名的本科生，他不也是$1/200 \times 1/50 \times 1/10 \times 1/3 = 1/300000$吗？也就是说，你和成绩是第一名的本科生是一样的，在这300000次机会中，都是有着300000份人次的竞争实力的。所以，你也应该具有他的优势和自信心。"

听到父亲这番计算的那一刻，我的双眼一片模糊。我不知道父亲的这一算法是不是科学的，可是我知道，父亲的这一番教育我的方法，却是极科学极先进的！在心底深处，我一直感动着。

四年后的我，在一家拥有三亿资产的公司里做人力资源部经理。每次招聘会结束后，我都会用父亲那晚的激情对落选的应聘者说：用这种方法，你计算看看吧！其实，你也是和第一名的人一样的，都拥有非常强的竞争实力和优势！

原载于《格言》

奇迹是有心人创造的

文|朱砂

郑绪刚是一名刚刚大学毕业的学生，参加了数次人才招聘会，投出去的简历不计其数，却都如石沉大海。

一天，郑绪刚无意中在晚报上看到一则招聘启事。一家公司玻璃制品公司招聘一名营销主管，开出的待遇相当诱人。在这个人才严重供过于求的年代，开这样的条件难免让人有点儿半信半疑。

抱着试试看的心理，郑绪刚来到这家公司。一问才知道，应聘这家公司的主管是有前提条件的，那就是必须把公司库存的一万只鱼缸销售出去。这些鱼缸原本是英国一家销售水族品的公司订购的，年初英国公司的老板因为炒石油期货破了产，于是这些原本做工精良的鱼缸便成了积压货。

原来公司招聘营销主管是假，销售积压的货物才是真。

一个初涉世事的年轻人，到哪儿去找这样的销售渠道呢？无奈之下郑绪刚只得沮丧地回了家。

不久后的一天，郑绪刚和几个朋友到郊外野炊，他们来到一片叫作荷花池的水域边。朋友们尽情嬉戏，郑绪刚则望着波光粼粼的湖面发呆。忽然，一个大胆的想法产生了。

结束野炊活动的第二天一大早，郑绪刚兴冲冲地来到那家玻璃制品厂，他说自己有办法把厂里积压的一万只鱼缸销售出去，前提是厂里必须预支给他3000元的经费。

怕厂里怀疑自己诈骗，郑绪刚主动把自己的毕业证压在了厂里。郑绪刚告诉厂长，如果怕他的毕业证有假，可以打电话到自己所在的学校查询。

看到郑绪刚如此坚决，而且所要的经费又不多，厂长极为爽快地答应了。

以后的几天，郑绪刚拿着厂里预付的3000元经费，离开了那家工厂，不知去向。

正当人们议论郑绪刚是不是骗子的时候，一个意外的消息在当地不胫而走：郊外的那片叫作荷花池的水域里，一夜之间忽然冒出成千上万条漂亮的金鱼来。

这事儿简直太稀奇了，市民们纷纷扶老携幼地去观看。

由于荷花池是一片开放的水域，无人管理，于是许多人便不辞辛苦地挽了裤管儿下去捉鱼。

老人笑了，孩子也笑了，大家像得了战利品似的，把捞来的鱼拿回家养在鱼缸里观赏。鱼缸的需求量一夜之间猛增。

很快，市区水族馆的金鱼缸便销售一空。而最大的赢家无疑便是那家玻璃制品厂，滞压了几个月的产品一夜之间竟然成了抢手货，价钱也因此翻了一番。

玻璃厂的厂长高兴得合不拢嘴，他说，自己之所以如此兴奋，不仅仅是因为积压的库存成了抢手货，更重要的是，自己得到了一个非常难得的销售人才。因为他知道，这一池的金鱼绝不会像大家传言的那样是从天上掉下来的，而是自己预付给郑绪刚的3000块钱经过运作后的结果。

最终，郑绪刚轻而易举地得到了销售主管的位置。

生活中，常常有人感叹自己不够幸运，没有足够的机会去表现自己。看着别人创造的一个又一个奇迹，总是羡慕不已却又无可奈何。

　　事实上，奇迹的产生并非是偶然的，奇迹来源于创造，来源于细心的观察与发现。许多时候奇迹看起来很简单，只不过是一个有心人在司空见惯的事物上加上了丰富的想象力而已。

原载于《辽宁青年》

上帝不会让你一无所有

文｜王治国

一位来自农村的年轻人大学毕业后，携两万块钱只身来到广州创业。这两万块钱是父母省吃俭用多年攒下来用于给他结婚的钱。他告诉自己，一定要成功，一定不要辜负父母的期望。然而，踌躇满志的年轻人做梦也没有想到，仅仅过去了三个月，与他合伙的同乡因看经营情况不妙而失去信心，一夜之间卷款逃走了。

想到父母半辈子的积蓄就这样化为泡影，年轻人泪流满面。后悔、愤懑、无奈、绝望一起在他心底交织着，他慨叹命运如此不公：本没有给予自己太多的幸运，在他创业之初，又跟他开了这样一个致命的玩笑。既然自己已经一无所有了，那么还有什么值得留恋的呢？于是，在街头流浪了几天后，年轻人想到了死。

他躺在天桥上，脑海里一片空白。这时，一位卖报纸的老妇走过来：先生，买张报纸吧。他下意识地将手伸进衣袋。他摸到了一个冰凉的东西，拿出来，竟是一枚面值一元的硬币！硬币在阳光下变得很刺眼，他觉得很具讽刺意味，上帝竟然给他留了一枚硬币！他想，把这一元硬币花掉自己就是真正一无所有的人了。于是，他把硬币递过去。老妇送给他一张报纸并找回一枚面值五角的硬币。

他把报纸盖在脸上，准备美美地睡上一觉，然后再从天桥上跳下去。但努力了许久他没有睡着，因为他惦记着怎样花掉那五角硬币。睁开眼，忽然就瞥到了那则招聘启事：本公司求贤若渴，诚邀有志之士加盟。他心动了，缓缓走到天桥下的电话亭，然后拿起听筒。对方十分爽快，要求跟他见面。他放下电话，然后将那枚五角硬币递进去，老板又找回来一角硬币。他将这枚硬币攥在手心，决定去那家公司碰碰运气。

他徒步40分钟来到了那家公司。老板是个很有亲和力的人，他一股脑地跟老板说完了自己的不幸遭遇。老板看他落魄的样子说，小伙子，谢谢你对我的信任，如果你愿意，我希望你能加盟我公司。他从口袋里掏出那枚一角硬币，惨淡地说，对不起，我一无所有并且只有一角钱。老板爽朗地笑了起来，你真幽默，有一角钱并不是一无所有啊，真正的财富并不是用你财产的多寡来衡量的，而是用你头脑里的智慧和骨子里的坚强来体现的。小伙子，认识你很高兴。说着，老板便向他伸出了有力的右手。年轻人记不清自己的手是怎样跟老板的手握在一起的，一切恍若梦中。

年轻人真的在那里留了下来，而且为了不辜负老板的信任，他更加卖力地工作。三年以后，年轻人便被提升为那家公司的副经理。

如今，已不再年轻的他拥有了属于自己的产业，资产数百万元。但他不会忘记，当年他的口袋里只剩下一枚硬币，以及那枚硬币所带给他的人生奇迹。每个年轻人来他公司应聘时，他总会重复同一段话：在你来到人世时，上帝不会给每个人太多；当你准备离开时，上帝也不会让你一无所有，关键是你的心态。你失去了友情还会有爱情，失去了爱情还会有亲情；失去了金钱还会有健康，失去了健康还会有梦想；你失去了快乐还会有微笑，失去了微笑，抬抬头还会有蓝天和阳光……只要你肯去发现，你总不会一无所有。

上帝不会让你一无所有。失败时，请摸一摸口袋，也许会有一枚硬币躺在被你遗忘的某个角落，也许这恰恰是上帝故意留给你的开启命运之门的钥匙，而这把钥匙总是愿意留给乐于寻找的人。

原载于《南方都市报》

我自信，因为我失败过

文|王治国

　　自从公司招聘一名副经理的消息在报纸上发布后，应征者云集。一天，来了一个应征者，年龄看上去有40岁，但人很精神，信心百倍志在必得的样子。

　　看过他的简历我便皱起了眉头："先生，我们要求年龄在35岁以下，大学本科以上学历，可您是38岁，学历却只是大专呀。对不起，请您到别的公司去碰碰运气吧。"

　　他接过简历，并没有立即走出去，显得很沉着，也许他早已预料到我会这么说了。但他仍然谦恭而自信地说："请再给我五分钟时间，如果五分钟后你还没有改变主意想聘用我的话，我将不会有遗憾。"

　　我皱了皱眉，还是示意他继续说下去。

　　"是的，与前来应聘的人相比，我在文凭和年龄上都占不上优势，但我的工作经验却是丰富而宝贵的。我虽然不符合你们的选人标准，却不见得不符合你们的用人标准，我应该是公司最需要的人才，最有希望为公司创造财富！"

　　听着他这近乎自负的推销，我不屑地笑了："你凭什么说自己经验丰富，是公司最需要的人才？"

　　"我工作15年了，先后在13个企业工作过。"

　　"这就是你所说的丰富经验？你的经历的确丰富，但你在15

年内换过13次工作，这太可怕了！我们对那些心猿意马、跳来跳去、这山望着那山高的员工并不欣赏。"出于善意的目的，我想教训一下他。

"是的，这是我的经历。需要声明的是，我虽然换过13次工作，但15年里我一直都在从事食品营销的工作，工种上从来没有换过，我在这方面积累了丰富的经验。况且，这13次跳槽也并非出自我本意。"

"那是什么原因？"

"那是因为我工作过的13家企业先后以各种原因倒闭了。"

"哈哈，你真是个彻头彻尾的失败者！"我的语气里满是嘲讽，"你先后在13家企业工作，并且公司都已经破产，这怎能说明你有能力？"

他依然很镇定，并没有对我的挖苦在意，平静地说："不，这不是我的失败，而是那些公司的失败。更重要的是，我见证了他们的失败，而这些失败已经积累成了我自己的财富。我很了解那13家公司，我曾与同事努力挽救它们，虽然不成功，但我知道错误与失败的每一个细节，并从中学到了许多东西，这是其他人所学不到的。很多人只是追求成功，而我更有经验避免错误与失败！"

这下轮到我惊诧了。他的一席话深深地征服了我。是啊，我所需要的就是这样一位既有丰富的业务经验，又有丰富的市场经历、有规避风险能力的助手啊！

从他自信的谈吐以及睿智的思考中，我看到了站在我眼前的分明不是一个失败者，而是历经失败正在接近成功的人！

末了，我问了他一个连我也有些吃惊的问题："你为什么这么自信？难道你不怕我刚开始就把你轰出去吗？"

他笑了："我自信，是因为我曾经失败过。一个开明而有远见的老板是不会拒绝一个经历过多次失败，又懂得如何规避失败走向成功的人的！我深知，用13年学习成功经验，不如用同样的时间经历错误与失败，这样所学的东西会更多、更深刻。"

"你被公司破格录取了，请到人事部报到。"我向他伸出了热情的手。

成功是一种财富，失败又何尝不是一种财富、一种宝贵的积累呢？成功的经验大抵相似，容易模仿，而失败的原因各有不同。别人的成功经历很难成为我们的财富，但别人的失败过程却是！而现实生活中，人们都在追求成功，没有谁愿意失败，即使经历了失败，也很少有人以乐观、自信的心态去对待失败，反而因为太害怕失败而不敢轻易尝试。要知道，失败的经历就是与外界系统进行信息交换的过程，失败得越多，交换得越多，系统的成熟度也越高。敢于失败，乐观地对待失败会让你积累下宝贵的人生财富。有朝一日，当你经历了太多的挫折或失败后，面对新的起点，请大声说：我自信，是因为我失败过！

原载于《山东商报》

第二章

彪悍的人生不需要点赞

其实，人生是我们的，一往无前地努力就好了，没有谁会为了别人的点赞而活着。"求求你，表扬我"，那只是电影里的桥段，彪悍的人生不需要点赞。我们珍惜每一寸的光阴，在应该奋斗的年纪绝不选择安逸，一直都带着最初的梦想跋山涉水，这就够了。如果有谁想为我们的人生点赞，希望他们能够"点"在自己的心底，因为不动声色的赞美，恰恰是交际中最重要的养分。

给咖啡加点糖

文|王治国

　　一架飞机在云层上方飞行。飞机即将抵达目的地城市上空时，空乘人员开始推着服务车，逐个回收乘客面前的纸杯和食品袋。

　　一位空姐走到一位绅士模样的中年男人跟前，他面前放着还没喝完的半杯咖啡。

　　"先生，完了吗，您？"空姐走到他面前，笑容可掬声音轻柔地问道。

　　完了吗？这位绅士在心里将她的话重复了一遍，很不舒服，但空姐一脸的谦恭，笑容是那么真诚和得体。他无法发作，只好礼貌地回答道："哦，还没。"

　　"好的先生，等您完了，请叫我一声好吗？"空姐的笑容依旧美丽，声音仍然甜美。但这位绅士心里却像吞了绿头苍蝇一样难受，只是用从鼻腔里发出的重重一声"嗯"作了回答。

　　飞机安全着陆。半个小时后，刚刚执行完本次航班任务的这位空姐，还没来得及喘一口气，便被人事部通知去总经理办公室接受乘客的投诉处理。

　　我没冲撞乘客呀，怎么会被投诉？即使有乘客投诉，也不至于去总经理办公室接受处理呀？她惴惴不安地来到总经理办公室。

　　总经理坐在宽大的办公桌后面，一脸严肃，道："现在我以乘客的身份对你的服务质量进行投诉。由于你在语言表达上用语不当，犯了中国人的忌讳，给我心理带来了伤害。"

　　这位空姐这才认出，总经理正是刚才在飞机上喝咖啡的中年绅士。

　　"你声音甜美，笑意盈盈，服务周到，可以说在这些方面无可挑剔，但你忽略了口语表达上的细节问题——'您完了吗'这句话对中国人来说在任何时候都是犯忌讳的，在飞机上更是如此。如果你说'您喝完了吗'就无懈可击了，但你却两次省略了一个'喝'字，仅一字之差表达效果却有天壤之别，让人听了很不舒服。这虽然只是个细节问题，但彰显出你的职业操守还不够，从今天开始你去培训部报到吧。"

　　空姐脸色通红。她万万没有想到，只省略了一个字，却让话语赋予了诅咒的意味，惹人生厌，她的空姐生涯也由此结束。

　　口语表达提倡言简意赅，但有些话却不可以随意省略，譬如一个"喝"字。这就好比一杯浓浓的咖啡，如果在啜饮时省略了一枚方糖，那么品尝到的将是满口苦涩。

原载于《江城日报》

羚羊为何喜欢跳跃

文│沈岳明

　　我喜欢动物，不仅是小范围我们常见的猫狗鸡鸭，还有虎豹鹿熊这些我们一般不易见到的动物。于是我经常往动物园跑，但动物园里的动物毕竟有限，于是便看《动物世界》，或者看关于动物的书籍。

　　虽然不能与动物面对面"交流"，但能从电视上、书本里看到诸多动物狂欢的场面，也很开怀。狮的勇猛，虎的威严，熊的可爱……特别是那些弱者，比如羚羊，也让人怜爱有加。羚羊的天敌主要是狮、豹，每每从电视里看到那些弱小的羚羊被狮、豹捕获，心里便不是滋味。

　　一次偶然的机会，我从一本书上读到了羚羊的介绍，才明白：羚羊绝不是弱者。特别是一种生活在印度北部的藏原羚，更是异常强壮。藏原羚对环境的适应性也是很多动物无法与之相比的，比如它们能在高原荒漠和半荒漠生存，特别是在极其缺氧的情况下生存，无论是听觉还是视觉都极好，甚至能在几千米外便感觉到天敌的存在。

　　更令人惊讶的是，它们能在几秒钟之内达到每小时80千米的速度，并且能一连跑上几个小时。而狮子最快的时速却不足70千米，就是号称奔跑之王的豹，最高时速也才80千米，而且最多只能跑半个小时，就累趴下了。

　　凭借这些条件，藏原羚应该是没有天敌的，因为没有哪种动物能奈何得了它。可是，现实生活中，藏原羚却常常成了狮、豹，甚至是豺的美食。经过动物学家长期跟踪调查，发现藏原羚在面对天敌追赶时，喜欢不定时地向上跳跃。藏原羚每向上跳跃一次，就会消耗掉大量体力，并且奔跑的速度会减慢许多。原来，藏原羚是在向天敌展示自己的"实力"，意思是，你看，我不但能跑，还能跳得这么高，你想追上我，那是不可能的。就在这时，天敌出其不意，一下将藏原羚扑倒在地。科学家们做过这样的假设：如果藏原羚在遇到天敌时，只管奔跑，而不跳跃，那么很快就会将天敌甩掉。

　　藏原羚明知跳跃会给它带来巨大的危险，为何还要边跑边跳跃呢？其实，在大多数情况下，天敌看到藏原羚在不断地跳跃时，会被它的实力吓退而放弃追赶，只有少数天敌在明知追不上猎物时，依然穷追不舍，最终获得了胜利。藏原羚也许是想通过展示实力，让天敌主动放弃对自己的追赶。但科学家最近又有了新的发现，藏原羚其实也有着和人类一样的弱点，那就是炫耀。我们常会看到，不少人因炫钱、炫房、炫车等炫耀行为而招致灾祸，但却依然有人前仆后继地在向他人炫耀。

原载于《羊城晚报》

齐威王兼听则明

文｜朱国勇

　　春秋战国时期，中原大地上群雄割据，战火纷飞，百姓生活十分艰苦。然而，这又是一个百家争鸣英雄辈出的年代。齐威王就是这时期的一位神武明君。

　　齐威王姓田，名因齐，公元前365年继承王位。

　　齐威王继承王位之初，得意忘形，狂纵无度，每天只知吃喝玩乐，并派出大量使者去全国各地挑选美女。他尤其迷恋弹琴，经常独自关在宫殿内抚琴自娱。国家大事，他不闻不问，地方事务则交给卿大夫（地方官员）全权处理。

　　过了不久，就有大臣不断来汇报："即墨地方的大夫，十分缺乏管理才能，把即墨治理得一团糟，而且横征暴敛贪赃枉法，老百姓怨声载道。恳请大王把他革职查办。"又有许多大臣来说："阿地的大夫，为官清廉。在任期间，体察民情，一心为公，十分操劳，甚至生病卧床仍不忘政务，并且在赵国进攻我国时，寸土不失，守土有功，乃是大功之臣，请大王予以提升。"齐威王听了微微一笑，不置可否。

　　半年后，齐威王大宴群臣，把七十二名地方大夫召到都城论功行赏。他对即墨大夫说："自从你到即墨任官，每天都有指责你的话传来。然而，我派人去即墨察看，却是田土开辟整治，百姓丰足，政府官员各守其职，东方因而十分安定。于是我明白了大臣们指责你，只是因为你不肯贿赂他们。"于是封赐即墨大夫享用一万户的俸禄。

齐威王又召见阿地大夫，对他说："自从你到阿地镇守，每天都有称赞你的好话传来。但我派人前去察看阿地，只见田地荒芜，百姓贫困饥饿。当初赵国攻打鄄地，你不救；卫国夺取薛陵，你竟然毫不知情。于是我知道你是用重金买通我的左右近臣，所以他们才替你说好话！"

原来，那些派往各地挑选美女的使者名为选美，实际上是在暗暗考察地方官员的贤愚。即墨大夫与阿地大夫的为官情况，齐威王早已查得一清二楚。

齐威王命人在大殿之外支起大油锅，烧起熊熊烈火，把阿地大夫投入锅中烹杀，替阿地大夫说好话的一十七名大臣也被一同烹死。

剩下的大臣们毛骨悚然，他们这才明白齐威王表面上吃喝玩乐不理朝政，实际上早已在暗中考察群臣了！从此，大臣们再也不敢弄虚作假，都尽力为国为民做实事。齐国因此大治，成为当时最强盛的国家。

兼听则明，偏听则暗。遇到事情时，我们一定要多做调查研究，千万不能听信一面之词。

原载于《辽宁青年》

强 弱 之 道

文|朱国勇

公元1346年，刘伯温隐居于镇江北固山，一面读书治学，一面招村童讲授儒学。刘伯温能谋善断，精通医理，经常为村民解决疑难，不久就名闻一方，被村民们称为"贤士"。

一天，刘伯温立在危岩之上，骋目遐思。山风浩荡，刘伯温的长衫随风飘舞。

这时，山下来了一位年轻人。年轻人修长消瘦，一脸苦恼："先生，我在东市卖菜。虽然利润微薄，却也过得了日子。可惜最近冒出几个痞子，非要向我收保护费。要是给了他，我的日子就没法维持了！"

刘伯温笑笑，问年轻人："你姓什么？住哪里？"

年轻人答道："我姓孟，住在山前李家庄。"

刘伯温捋捋胡须，一副胸有成竹的样子："好，我教你一个办法。你准备一把利刃，痞子再来时，你朝他大腿上猛扎一刀。"

年轻人心有疑虑："这能成吗？"

刘伯温肯定地说："我这法子，不仅能解你眼前之困，还能保你一生无忧。"

年轻人刚走，又来了一位矮黑粗壮的汉子。汉子声音洪亮："先生，我在西市卖肉，都十几年了。昨天，竟然来了几个痞子，要收什么保护费。我哪能给他交保护费？我本打算将他们教训一顿，是我老婆拦住了我。她非说您世事洞明，让我来问问您该怎么办。"

刘伯温慈祥地笑了："你姓什么，住在哪里？"

汉子回答："我姓王，住在王家大庄。"

刘伯温说："你啊，就应该给他保护费。不仅要给，还要买菜沽酒，请痞子们饱餐一顿。"

汉子惊讶得两只眼睛跟铜铃一般："先生，我没听错吧？"

"你没有听错。照我说的做，可包你平安无事。"

汉子闷闷无语，半天，才咕哝一声："好，我且听你的。"

汉子转身离去时，刘伯温又叮嘱道："你记着，请痞子吃饭时，要多请族人、朋友相陪。"

在一旁园子里种菜的弟子，把这一切都看在了眼里。弟子很纳闷，就问刘伯温："同样一个问题，您教给他的解决方法怎么会截然相反呢？"

刘伯温是这样解释的：年轻人姓孟。孟姓是小姓，在当地人丁单薄。而菜市场三教九流鱼龙混杂，这年轻人又生性怯懦，就算交了保护费，也难保不再受别人欺负。我教他手持利刃，独战群痞，可以让他一战成名，从此无人敢欺！那个汉子姓王，孔武有力，杀猪出身。王姓，是当地大户，族人数千。我让他宴请痞子，再多请朋友族人作陪，就是向痞子展示实力。一场酒席下来，他多半就成了痞子拉拢的对象。痞子们不但会退还他的保护费，从此，还会成为他的朋友。

"弱小者，要教之以刚强；强大者，要辅之以变通。"刘伯温最后是这样总结的。

弟子听了，钦佩不已。人心虽异，事理皆同！江湖智慧，儒家心肠，在刘伯温身上得到了完美的诠释。

几天后，汉子上山来向刘伯温道谢："痞子不但不要我交保护费了，还一个劲地要跟我交朋友。"又过了几天，年轻人也来向刘伯温道谢："大师，我一连刺伤了两名痞子。现在，几十个卖菜的都团结在我身边，痞子们再也不敢来了。"

刘伯温颔首微笑。长天，流云飞渡；山下，如蚁人寰。

弱者不可示弱，强者不可恃强！此理，千古不易！

原载于《意林》

让世界跟你一起偷懒

文│查一路

　　世界需要两类人，一类懒惰的人，一类勤劳的人。用传统的眼光看待这两类人，肯定和褒扬的无疑是后者。因为勤劳的人每天都在为公众奉献新鲜的牛奶和面包。

　　世界上最富有的人——比尔·盖茨，原是个程序设计员，因为懒得读书，他就退学了。他又懒得记那些dos命令，于是就编了个图形的界面程序，叫什么来着？我忘了，懒得记这些东西，于是全世界的电脑都长着相同的脸，而他成了世界首富。

　　这是阿里巴巴首席执行官马云的一段演讲词。马云也很懒，但他创造的业绩却不平凡，正如他自己所说："像我从小就懒，连肉都懒得长——这就是境界。"瘦得形销骨立的马云幽了自己一默，意在强调懒人有懒人的用处，懒人有懒人的境界。

　　懒惰有两种情形，一种是消极的懒惰，一种是积极的懒惰。民间故事中，那个懒孩子，出远门的父母，在他脖子上套一块饼，但他宁愿饿死，也懒得去咬。这是无可救药的懒惰。另一类，是不愿在繁复的劳动中耗费艰辛，而思考省时、省力、快捷、有效的方法。创造和发明，往往为这类懒惰的人预留着通道。

　　正如马云所分析的，懒得爬楼，于是有人发明了电梯；懒得走路，于是有人制造出汽车；懒得去听音乐会，有人发明了唱片。正是懒惰的想法，激发出一些人的智慧。他们不想在多余的过程中把自己弄得筋疲力尽，而是极力寻找捷径，直达目的。

比如说登山吧。在缆车发明之前，人们必须汗流浃背，累死累活，过度的疲劳大大降低了游客游玩的兴趣。其实这些过程可以省去。而缆车的发明正好契合了人们偷懒的想法，既可以须臾间登上山顶，一览众山小，又可以在峰与峰之间，像猴子荡秋千一样荡来荡去，好不惬意痛快。类似的例子不胜枚举，成功的偷懒，总给人新鲜和刺激。

省略过程，直达目的是懒人的目标。从这个意义上说，懒惰确实不是一件坏事，它在努力让一切复杂的程序简单化，让一些专业工具变得不再为难他人，让傻瓜也能操作，比如傻瓜相机。许许多多的"偷懒"在发展史上恰恰是划时代的成功，其结果是，让人们从辛苦的劳动中解放出来，活得更轻松、自在、享受。

当然，为了达到懒惰的目标，需要勤奋地工作；在懒惰的目的未达到之前，在原有的工作环境之下，仍需要勤奋地工作。二者并不矛盾。

生活和工作中，需要给那些貌似懒惰实则有想法的人以空间。懒惰的人也需要懒出方法，懒出风格，懒出境界。这个境界就是——让世界跟你一起偷懒。

原载于《格言》

如果爱，请深爱

文|路勇

那时候，我已经失业了很久，逃离熟悉的家乡和省城，来到了遥远而陌生的东莞。前一天，还身处家乡湿冷的正月，转眼，便到了热浪滚滚的南国。别人都说东莞是世界工厂，招工的启事贴满工业区的宣传栏，许多工厂门前求职者排着长队。

这时，我看到远处的一间印刷厂，有人在门前贴招工启事。等我走近，发现纸上的毛笔字还有墨香，想必应该是刚刚才写好的。我礼貌地向门房的保安打探，刚才贴招工启事的男人转过了身说："小弟，你跟我来，我带你见经理。"面试非常顺利，经理很快就说："如果你愿意，现在就可以入住工厂宿舍，明天就可以正式上班。"

在东莞的第一份工作，竟然得来全不费工夫，我甚至还没彻底回过神，那段失业的经历便成为历史了。给家乡的朋友打电话，他笑着说："哥们，想不到你竟然会去干印刷。"他这样说是有原因的：我的邻居老陈就是开印刷厂的，厂里的生意好得踏破门槛，他曾经无数次游说我做他的学徒，我却想都不想就一口拒绝。没想到，我来到千里之外的东莞，却稀里糊涂干上了印刷这一行。

这是间不干胶商标印刷厂，老板是一位严肃的台湾老人，经理是跟随他过来的自家侄子。我们总能看到老板板着脸走来走去，年轻的经理显得温和得多，但是谁也不敢轻易挑战他的权威。隔三岔五，经理便会召集我们开会，他爱对我们说一些励志的句子，"让明天的你感谢今天拼命努力的自己""不要在应该奋斗的年纪选择安逸""青春是一个不留遗憾的战场"……

很多时候，刚刚被经理激励了一番，回到工作岗位后，我们又一副无精打采的样子。就拿我来说吧，曾经一直那么抗拒学印刷，却阴差阳错干起了印刷，这让我多少有些挫败感。虽然我们印的不干胶商标鲜艳夺目，客户大部分时间也是满意的，但是收工后看着满是油墨的脏兮兮的手，以及用药水清洗油墨的疼痛感，让我对这个行业心生反感。情况是这样矛盾，我的工作干得越来越出色，我的逆反心理也越来越强烈。

"我要离开"，这是我藏在心底的一句话，这句话不仅时不时在我嘴边，甚至像炸弹一样快要引爆。有时候，经理巡视到我的机位，会有很短暂的停留，表情大体上还是满意的。走的时候，经理总会微笑着留下一句话："小弟，好好干，我看好你哦。"本来是一句表扬的话，对于我来说，却像是一块烫手的山芋，拿也不是放也不是。为了生计，我不敢贸然选择辞职，而且重新开始也是有风险的，我不想再次陷入不必要的恶性循环。

那一天是中秋节，天气格外好，到了晚上月盘格外大，月光也格外明亮。心情不佳的我没有随工友外出，也没有去找别的工业区的老乡，而是关自己在房间里看书，再就是坐在窗前发呆。经理进来的时候，我完全没有察觉，直到一小盒精致的台湾月饼出现在我面前，我才本能地站了起来。经理笑着说："小弟，中秋快乐！"

经理坐下来，竟然给我讲起了他的爱情故事："我在辅仁大学念书的时候，悄悄地喜欢上了当时的校花。喜欢校花的人特别特别多，很多人给校花递纸条、传简讯，我也跟着递纸条、传简讯。学友就说了，你又不是高富帅，凭什么追求校花？你纯粹是在闹笑话。我才不管那些有的没的，我不间断地表达着我的爱，默默地为校花做了很多事，我相信自己比谁都更爱校花。后来，我就真的跟校花在一起了，羡慕得那些学友直瞪眼。"

听他说完，我目瞪口呆，我不明白他跟我讲这些做什么，如果是炫耀也来得太莫名其妙了。接着，经理笑着说："我和校花在一起三年，后来因为种种原因和平分手。这段感情我很珍惜、很怀念，但是却丝毫没有后悔和遗憾的地方，因为我一直告诉自己——如果爱，请深爱。这也是我要送给你的话。或许你现在还没有想爱的人，但是这句话同样适用于你的事业。不管将来你是否还在这个行业，当你现在身处其中就该拼尽全力，拼尽全力去爱，比谁的爱都来得深，你就会拥有无怨无悔的人生。"

经理这一番推心置腹的话，深深地震撼了浑浑噩噩中的我，我顿时明白自己还是"爱"得不够，而"深爱"应该从此刻开始。后来，我没干多久印刷，便开始尝试其他行业。从印刷厂带走的最宝贵的财富，还是经理的那句"如果爱，请深爱"。

原载于《爱你》

试用期的热情

文|路勇

和千千万万踌躇满志的大学生一样，从美丽而纯洁的象牙塔迈进光怪陆离的社会，小陆的心底充斥着惶恐不安的动荡感，也有着挥之不去的莫名胆怯。不过，小陆应该算是一个比较幸运的毕业生，在离校前得到了一份业务员的工作，摆在面前的是一个月的试用期。

在小陆正式进入试用期前，一些资深的学长、学姐告诉他："试用期最重要的是平稳过渡，不求有功但求无过。"不过，在安逸的校园待的时间长了，就像久住一间闭塞久了的房间，他急切地盼望着阳光照进来。小陆接受不了懒懒散散的工作作风，当元老们捧着报纸、端着茶杯消遣时间，或者趁老板不在随便找台电脑上网冲浪时，小陆将公司厚厚的产品名录看了又看。而每当有不懂之处时，小陆就会缠着那些元老们问来问去，他们或认真或敷衍地答复他。有时，元老们还会说："新人总是三分钟热度，热度很快便会退烧的。"

"我的热情不会退烧的"，小陆默默地告诉自己，"我一定会珍惜工作的机会，尽情施展自己多年来的所学。"对公司的产品有了足够的了解，小陆开始进行艰苦卓绝的奔波，今天去城东、明天去城西，今天在最热闹的市区、明天去最偏远的城郊。城市的公交车拥挤的程度超乎想象，而意外堵车的状况又层出不穷。在空气污浊的车厢里，心情在污浊的空气中慢慢发酵、变坏。可是，下了公交车，小陆会立即让自己的情绪如衣着般平整如昔。随着沉入丹田的深呼吸，所有芜杂的情绪都被滚烫的热情取代，春风般温暖的笑容挂在小陆青春的脸上，他走向客户的脚步也是稳健而坚定的。

　　虽然小陆知道谈成一笔业务是不容易的，像他这样的新人很可能一无所获，但是每拜访一位客户时，小陆心底都燃烧着一团小小的火。这样的一团火点亮了他的希望，让青春的热情激荡着他的胸膛。有一次，小陆遇到了一个非常友善却又非常忙碌的老总，小陆在向这位老总推销相关产品的过程中，无数次被不期而至的电话、突如其来的到访和员工例行的汇报工作打断。这位老总每次都抱歉地说："年轻人，你等等我，我马上来和你聊。"其实，小陆和这位老总最完整的交流，是在晚上七点钟才开始的。晚上八点钟，这位老总说："年轻人，你真不错，今天我们的交谈被打断了无数次，每次我回来和你继续的时候，你丝毫没有不耐心的表现，依旧微笑依旧热情。我相信一家公司有选聘你这样人才的眼光，公司的产品质量肯定也没话说，这份五十万元的订单我签了。"

　　奔波后，回到公司的小陆热情"减分"不少，他总是躲在办公室一隅闭目养神，很少没事找事地和同事闲聊。有几次，老板来了，同事们争先恐后地去打招呼，小陆却懒得抬一下屁股。当小陆签下五十万元订单后不久，老板娘来公司探望老板，顺便视察一下公司的情况。好几个男同事连忙为老板娘端茶送水，女同事开始夸老板娘拎的包新潮，裙子是名牌时，小陆依旧头也不抬地整理着文件。等老板娘走了，有同事告诉小陆："小陆，老板娘离开时脸色铁青，老板娘枕边风一吹，就算你立过功，试用期结束也会走人没商量的。"坦白说，那一刻，小陆心底有一种迷惘，反而没有任何的恐惧。

试用期的最后一天，也是老板宣布小陆去留的日子。那些渐渐和小陆熟悉起来的同事，特别是和小陆同期试用的新人，纷纷表达出对小陆的不看好。其实，小陆心底也是忐忑不安的，已经做好整理简历四处求职的准备。不过，小陆心底却有另一个声音，"我努力过，也为公司带来了效益，我不该是离开的那一个。"

推开老总办公室厚重的大门，小陆的心悬到了嗓子眼，其他几个试用的新人已经先到了。"你们中间只有一个人能留用。"老总的第一句话让空气顿时凝固，小陆的手心汗津津的，其他新人也紧张不已。老总站起身，走到小陆面前，拍了拍小陆的肩膀说："小伙子，就是你了。"多少有点大跌眼镜的意味，大家面面相觑，各人脸上是大大的问号。

老板没有卖关子，而是适时地解开了谜团："公司招聘的业务员热情非常重要，但是每个人的热情都是有限的，谁也不能苛求谁永远是一枚火球。你们别看，小陆在公司里冷冰冰的，甚至对老板、老板娘都爱理不理的，但在潜在的客户面前，他可是像上紧了发条般，仿佛不用热情融化对方誓不罢休似的。"

用对你的热情，相信不仅在职场，就连在平时的交际中，也是一条永恒的至理名言。

原载于《做人与处事》

适时藏起自己的锋芒

文|沈岳明

有一位年轻人，大学毕业后被一家公司看中，上完第一天班后，他一回到家里便喜形于色地告诉父亲，公司总裁表扬他了。没想到，父亲并没有像他意料中的那样夸奖他，而是神色紧张地问他，总裁先生是怎样表扬他的。年轻人说，总裁先生是这样说的，他说我是公司第一个毕业于名牌大学的毕业生，也是公司花重金聘请来的专家，希望大家多跟我学习。

父亲听了连连摇头说："不行不行，总裁先生怎么能这样说呢，你毕竟还是个刚毕业的学生嘛，怎么就成了专家呢。我得去跟你们总裁先生说清楚，不然真的会误事的。"

年轻人以为自己听错了，他很不解地问父亲："您是不是老糊涂了，总裁先生表扬我了您还不高兴，还要去找人家麻烦，是不是还要去求人家骂我，您才高兴啊？"

年轻人没等父亲解释，便气冲冲地走出了家门。可是，几天后，他又一脸沮丧地回到了父亲身边。父亲耐心地问他发生了什么事。年轻人伤心地问父亲："大家怎么都不理我呢？我们都是公司的一员，完全可以团结互助嘛，再说我又没有得罪他们，他们凭什么孤立我？"父亲这次倒没有像上次那样神色紧张了，他微微笑了笑，说："这就对了，你是一个新人，他们对你不太友好这是对的，慢慢地他们就会接受你的。"

年轻人简直被父亲弄糊涂了："您究竟是怎么啦，别人表扬我您不高兴，别人排挤我，您倒高兴了，我还是不是您的儿子啊？"

父亲不慌不忙地说："你只要照我的方法去做，很快同事们就不再排挤你了，你首先得虚心地向别人学习，并且适当地去表扬别人，就像总裁先生表扬你一样去表扬别人。"当年轻人再次回到父亲身边的时候，他告诉父亲，他终于得到了同事们的认可，总裁先生也没忘再次表扬他："不但专业水平高，还会团结同事。"

父亲这次没再说什么，而是欣慰地笑了。年轻人还是不解，继续问父亲这究竟是怎么回事。父亲说，这就是职场上的"猫的哲学"。猫在捕捉老鼠的时候，它的爪子是锋利的、尖锐的，而它在走路和跟人类玩耍的时候，却又是温柔的、和善的。如果它在跟人类玩耍的时候也锋芒毕露，那么受到伤害的人类还会跟它友好相处，并且给它提供帮助吗？

年轻人终于明白了父亲的良苦用心，并且很快便在工作上做出了一番成绩，成就了一番伟大的事业。他便是美国职业经理人——波尔·墨依。

一个人的优秀之处，也是你的锋芒所在，它可以为你解开工作上的结，也能让帮助你的人受伤。所以，我们在对待工作时要锋芒毕露，对待朋友和同事时则要藏起自己的锋芒，以谦和礼让的姿态去相处。只有懂得适时藏起自己的锋芒，事业才能成功，人生才能成功。

原载于《人生与伴侣》

首先营销自己

文┃查一路

一日上午，我与同事陈正忙忙碌碌地公干。忽然，走进一人，找陈先生。

陈先生热情地让座。来人说话前，打开包，把大沓的资料、表格在陈先生的桌子上摊开。见陈先生满脸疑惑地站在一边，这才介绍说自己是在校友联谊册上找到的陈的名字，希望陈买他推销的儿童保险。然后，就开始滔滔不绝地游说。陈先生说我自己还不准备买保险呢。来人正色道：这就是你的不是了，自私的人才替自己打算，称职的父亲谁不为儿子着想。陈先生不语。他又强调，请你不要做社会意义上的盲人，只盯着现在看不到将来。陈先生面露愠色。来人意识到了陈先生情绪的变化，开始变得手足无措，慌乱中打翻了桌上的茶杯。枯坐了许久，陈先生仍没有要买的意思，来人忽然急躁地脱口而出："难道你就不能关照一下初出道的小校友，难道……"一连串的"难道"把陈先生呛得瞠目结舌。

陈先生说："我没欠你什么，请你关照一下老校友，你没看见我正忙着？"

目送他悻悻而去的背影，我由衷地生出些同情：他失败了还不知败在什么地方，急需业绩，却不知如何化解顾客的抵触心理，而仅凭校友设置感情的圈套，强人所难、逼人就范显然是有悖市场规则和人情世态的。

整个中午，我都在想这事。睡梦中被一阵电话铃惊醒，电话里传来咯咯的笑声。我问是谁。他说你猜我是谁，又是一阵笑声。电话的那端一个男人冲着我莫名其妙地笑个没完，好像他踩住了我的尾巴。

原来对方是我暌别多年的小学同学。寒暄几句后，他询问我是否达到了新生活的指标，包括手机、摩托、电脑、传真机等等。我说一样没有。他开始啧啧地为我惋惜，郑重地提醒我，我的生活彻底没质量。一段很长时间，对方都在谴责我的生活，不懈地开导我，扮演着我的救世主的角色。

终于，我失去了耐心，告诉他：贫穷使我心安，至少窃贼不会在我家门前探头探脑。随即，他挂断了对我的怀念与关心。

如果他坦率地告诉我他需要帮助，起码我可以帮他试试。

一天的经历让我感慨颇多，现代社会的震荡和变革，势必将一切推向市场。或许有一天我们也会走上街头推销自我，推销商品，若是只懂得自己的感受和需要，不理解别人的感受和需要，将很难被人群和社会所接纳。即使新型的买卖关系下，朴素的体贴和真诚的关怀也是不可或缺的。

原载于《风流一代》

无用的工作

文|尹玉生

　　从前，有一个国王，急需找一个忠诚勤快的贴身仆从。经过一番细致的挑选，国王最终锁定了两个中意的候选者。这天，国王将两个候选者带到考评地点，为他们详细布置了任务：用附近的一个大雨水缸里的水，灌满一个空竹篮。国王告诉他们，他将在晚上检查他们的工作。最终令他满意的候选者，将荣幸地成为国王的贴身侍从。

　　在接受了任务之后，两位候选者谁都不敢有丝毫懈怠，他们都渴望成为国王的亲随。然而，在灌了几桶水之后，其中的一个候选者对同伴说道："真不知道国王让我俩做这些毫无用处的工作的目的是什么。你看，我们刚把一桶水倒进去，它就一下子漏得一滴不剩了。我敢断定，睿智的国王一定是在考验我们的智力，谁干得多，就证明谁傻。"

　　另一个候选人回答道："我也看不出国王让我们干这项工作的目的是什么，我只知道，这是国王交代给我们的任务。我相信，国王自有他的用意，我们的职责就是不折不扣地完成国王交给我们的任务。"

　　前一个候选者冷笑着说："你真是一个榆木疙瘩！要干你干，我是坚决不干这愚蠢的事情的。"说罢，他丢下水桶，远远地走开了。

被称作"榆木疙瘩"的候选者并没因此而受到丝毫的影响，继续勤勤恳恳、一桶一桶地从雨水缸里提出水来，灌进竹篮子。由于同伴的离去，他的工作量大为增加，一直忙碌到傍晚，他才汗流浃背地舀出了雨水缸中的最后一勺水。当他将最后一桶水倒进竹篮，待水很快漏光后，他发现，在竹篮的底部，有一个闪闪发亮的东西。他靠近细看，惊喜地发现，那是一枚精致的价值连城的钻石！

"现在，我明白这无用工作的目的了！""榆木疙瘩"对自己说道："不把雨水缸里的水舀干，怎么能见到这枚钻石呢？""榆木疙瘩"和"聪明"候选者的结局已经无须多言了，关键是这则故事的寓意。

事实上，无论是在职场、学校还是部队，因为受眼界、阅历和职位的限制，我们很难拥有全局和长远的眼光，由此而常常对一些任务和工作的目的和意义产生疑义。这时候，唯一正确的做法就是坚定而认真地履行你的职责。要知道，没有一个你尊敬的上级或长者会让你做徒劳无益的事情的。

原载于《讽刺与幽默》

彪悍的人生不需要点赞

文｜路勇

　　"老路家的孩子真不错"，这句话曾经贯穿了我的童年。最初听到总有小小的得意，久了，慢慢地发现，客套的成分远远大于真诚。我悄悄告诉自己，我不是传说中"别人家的孩子"，我只是简简单单的自己。我开始不管那些随便说说的赞美，而是埋头打理自己的年少时光。不管那些赞美是否在耳边，反正不再落在我小小的心底。就算偶尔被大人硬拽着，摸摸头，竖个大拇指，我也只是笑着不语，并没有太多的骄傲和嘚瑟。

　　在学校，有些人得到的表扬总是特别多，比如各种竞赛又拿了一等奖，比如见义勇为扶老奶奶过马路，比如公开课时漂亮地回答了很难的问题。而我属于不起眼的那个，成绩中等偏上，又没好到名列前茅。平时表现得中规中矩，从不迟到早退从不无故不交作业，连做操插队的事都没干过。但是，我也没有太多英勇的表现，小身板的没有干大事的勇气。为了学习，我也从不打算头悬梁锥刺股，也认为凿壁借光没有必要性。坦白说，我对自己很满意，这就是我要的状态，没有表扬还真没什么。

　　接着进了职场，老板有开会的瘾，三天两头拉我们开会。开会无非是那老三样：总结、批评和表扬。每次总结过后，老板都会板着脸批评人，很少有人不挨批评，不是被老板揪出来直接"批斗"，就是在一边"躺着也中枪"。如此情景，得到老板的肯定，还真不是一件容易的事。我挨过老板的两次骂，得到肯定的次数更多一些。老板在会上捧你，你也只能低头听着，不能显露出太多喜悦，只能一副"其实我不行"的架势。不管是被骂还是被赞，未来的工作还是你的，如果你被赞得晕头转向，那你就真的输了。

后来，点赞就开始流行于网络，最早始于新浪博客的"顶"，后来"顶"又变成了"喜欢"，一篇博文发出总有好多"顶"或"喜欢"。而点赞最早在空间，接着是在微信，突然之间，点赞就成了一种习惯，更是很多人口里的"美德"。"桃花潭水深千尺，不及汪伦送我情"，而点赞也代表着深深的情，甚至胜过离别相送的情谊。渐渐地，点赞成了衡量友谊的标准，不管彼时你想点还是不想点那个赞。更荒谬的事情还在后头，积"赞"成为网络里的潮流，点赞不再是由衷的选择，而是沾染了太多功利的元素。

其实，人生是我们的，一往无前地努力就好了，没有谁会为了别人的点赞而活着。"求求你，表扬我"，那只是电影里的桥段，彪悍的人生不需要点赞。我们珍惜每一寸的光阴，在应该奋斗的年纪绝不选择安逸，一直都带着最初的梦想跋山涉水，这就够了。如果有谁想为我们的人生点赞，希望他们能够"点"在自己的心底，因为不动声色的赞美，恰恰是交际中最重要的养分。

原载于《人生十六七》

心软走世界

文|陈全忠

四年前的那个冬天，在俞翠萍的记忆中异常寒冷。

由于生意不景气，老板决定裁员。领完一笔补偿，她再也不能走进这家核桃加工贸易公司的大门了。在过去的十年里，俞翠萍做到了这家公司的销售主管。说实话，她很喜欢这份工作。

到下面的各个乡镇去收购核桃，那些种核桃的人家没有不喜欢她的，因为她做事公道、实诚，从不克扣、拖欠，或者收点小费什么的。每次下乡，他们都愿意留俞翠萍喝杯茶，聊聊天，有什么困难也都愿意跟她提提。别看俞翠萍大个头，但心比较软，有困难的种植户或者同事，她知道了，从不会袖手旁观。

下岗后的半年内，家里就靠丈夫在当地矿务局一个月两三百元的收入，日子捉襟见肘。幸好俞翠萍也不是没过过穷日子，她从不讲究穿着，越朴实心里也就越踏实。没多少钱了，买菜时，就拣便宜点的。

苦日子过了半年，没想到天上就有一个馅饼砸下来，没砸着别人，就冲她而来。以前工作时打过交道的一家客户——天津土产公司，在她的账户上预先打了100万，让她火速收购一批核桃。这批核桃是日本的一位大客户要采购的，而且日期比往常提前了四个月。货源紧缺，在找一个可靠的人来办妥这件事时，他们第一个想到的就是俞翠萍。因为这家大企业曾与俞翠萍打过交道，她的憨厚诚信给对方留下了深刻的印象。

对这个来之不易的机会，俞翠萍丝毫不敢怠慢。她跑了十个乡镇，哪家核桃种得怎样，哪家急需用钱，她还是比较清楚的。那些核桃很好、孩子正上大学要钱的人家说："俞老板，你看我家核桃不错的，收购的时候能不能比别家高点？"俞翠萍憨厚地笑笑，她哪算什么老板啊，不过人家孩子用钱的时候，只要质量不错，就高点收吧。

因为俞翠萍出的价高，核桃户都乐意把最好的核桃卖给她。买卖很顺利，但赚的钱却不多。俞翠萍以高于市场价收购，再按谈好的价钱卖给天津土产公司，本来一公斤赚三毛钱不成问题，她却只赚了不到一毛钱。

原来跟她一起下岗的姐妹觉得，预付款的生意，应该多赚点，赚得这么少，真是个傻大姐。俞翠萍却乐呵呵地觉得，生意做成了，大家都能赚点就行。我钱赚得少点，但人气没少赚啊！

人气在生意场上也是一个很宝贵的东西。因为高价，当地老百姓都愿意把最好的核桃留给她；因为质量好，天津土产公司愿意长期与她合作，继100万元之后，又不断把款打了过来。四个月时间，俞翠萍一共给天津土产公司收购了四百多吨核桃，赚了十几万。她也因此有了本钱开自己的公司加工核桃。

即使当了老板，俞翠萍依然没有一点架子，还是大家心目中的傻大姐。金融风暴肆虐的时候，核桃价格大幅跳水。别的销售商要么压价收购，要么对质量次点的一概不收，因为欧美进口的核桃原料一样便宜，同样的价格可以收到更好的。俞翠萍每年照例去周边村子收购，看到那些卖不出去的核桃，都是快淘汰的老化品种上种出来的，按理说，不该收。可好多村民就靠这个过年啊，她心一软，又做了一件大家眼中的傻事：把这些次一点的核桃全部收了，然后加工成饮料。在同行看来更傻的是，她还免费给这些农户发放肥料，并投资800万，建立了标准化示范基地，她引导当地农民进行核桃嫁接，改良品种。

心软，有时候并不是缺心眼，只是将心比心。大家过日子都不容易，以我的心软换你的信任。2011年美国核桃价格突然抬头，过去三年里，很多一直依赖国外便宜进口原料的厂家马上遇到货源紧缺的问题，因此发展受阻，而俞翠萍却有着稳定的货源。谁说心软的人不会做生意，谁说心软的人只会做亏本生意？几年后，俞翠萍的公司销售额爆发性增长，2011年突破五亿元，她成为长江以北核桃贸易加工第一人。现在，她的核桃不仅占领了国内北方大部分市场，还卖给全世界36个国家。

心硬的人靠手段走世界，手段用得多了，人心却慢慢散了，冷了；心软的人靠同理心走世界，以一寸光换一寸光，以一分温热换一分温热，以此换来的世界，越走越宽广，越走越亮堂。

原载于《知识窗》

一个梨子的骄傲

文|冯有才

没有人会想到，改变我的，竟然是一个梨。

小学二年级的时候，爸妈进城务工，我也跟着一块进城了。老家的爷爷、奶奶、外婆去世得很早，进城读书是我唯一的选择。

尽管坐在明亮的教室里读着书，可我知道自己的分量，永远也摆脱不了一个乡下孩子的身份，不只是我，我的好多同学也都在有意无意间地笑话我。于是，在这个喧闹的城市，在这有着许多白净面孔的校园里，我越发地自卑起来。仅仅因为我是一个乡下的孩子。

班主任是一名代课老师，快四十岁了，因为学历和家庭背景的原因，他一直都没有转正。开学后第一次考试，我考了个中等，但是在乡下的老家，我的学习成绩却始终是班级第一名。在得知我的情况后，班主任让我去了他家。我知道，又是给我上政治课，找我谈心了。

中午的时候，我去了班主任的房间。一推开门，我就闻到了一阵水果的香味，班主任正坐在简陋的椅子上看书，他看见我后，便让我坐了下来。他说：冯有才，你以前的成绩非常好，为什么现在突然变化了呢？

我低头不语。

他接着说：你觉得你比别人差吗？智力还是环境？

我仍不说话，头却比以前低得更低了。

忽然，他也不说话了，似乎在思考着什么，房间内一片沉寂。我悄悄地抬起了头，发现他正用眼睛紧紧地盯着我。看着他的样子，我非常害怕，脸涨红了，身体也有些微微地发抖。

他忽然笑了，起身拿起了桌子上最大的一个梨子，递给了我，笑着道：拿过去，不要吃，放在桌子里。

我愕然了，不明白到底是什么意思。但是我知道，这个梨子是非常值钱的。因为那个时候，买水果都是需要水果票的，这个梨子，抵得上我父母干好几天的活。

他说：冯有才，你要记住，你是我们班唯一一个农村来的孩子，你是一个典型，你或许能成为农村孩子的骄傲，或许是耻辱。就像这个梨子，尽管离开梨树，尽管有全新的环境，可它们照样个个都能发出诱人的香味。知道吗？你就是这个梨子，在这新的环境下，让大家都能感受到你的香味，让所有农村孩子都以你为骄傲。

那一刻，我感觉浑身上下，热血翻腾。

那个梨子，尽管没有保存多长时间，但却始终是我的骄傲。因为我相信，我本来就是一个能发出诱人香味的梨子。

上个月的同学聚会，我是班上唯一一名开豪华私家车过去参加的，此时的我，已经拥有一家固定资产2 000万的公司了。同学聚会上，我们看见了班主任，尽管他老了，头发都白了，但是仍然精神矍铄。他看见我后，非常开心地笑着，我知道，他还是记得我的。

我赶紧走了上去，他也很小心地从口袋里摸出一个梨子。看见那个梨子，我仿佛又回到了我的学生时代。

他笑着对我说：冯有才，不错。你果然是我的骄傲，现在，我希望你推陈出新，发挥出新的优势，展现出你最新的能量。

突然间，我发现他摸出的，竟然是一个苹果梨。

那一刻，我的双眼再次朦胧。

原载于《黑龙江晨报》

越过无条件拒绝

文 | 路勇

那家中韩合资公司开始在各大报纸上做招聘广告时，我的心顿时有些蠢蠢欲动了。朋友说那家公司赫赫有名，就像韩国棋手李昌镐古板的脸，要看到他的笑容真的不是件容易的事。出发之前，我仍然没有足够的信心，因为比照招聘启事上的要求，我还有诸多不完善的地方。

不过，名企的魅力和写字楼的诱惑，让我毅然来到了那家公司的面试现场。名企就是名企，简直就是"一呼千应"，为数不多的几个职位迎来了黑压压一片求职者。走廊里有人在议论："求职成功率只有二百分之一。"我不禁有些咋舌。这时，大概是公司管理层的人士从身边走过，说："一定要选优秀的人才，否则一个也别要。"

拿到面试的编号，我的号码是619号。刚好是我生日，不知道这是否意味着好运靠近我了。面试共四天，我被排在了第三天。不过，在等待的这两天里，我仍然和一群等待当天面试的求职者在一起。我盯着人事部那道暗红色的大门，盯着每张走出的脸。一张信心满满的脸，出来后都是垂头丧气的，大约是求职失败了。问了几个求职者，他们有的人告诉我莫名其妙就被拒绝了，有的人说自己被"无条件拒绝"了。

终于轮到我了，我心底忐忑不安，想着自己出人事部时，是否脸上也会阴云密布。轻轻敲开那道门，我告诉自己豁出去了，说不定幸运会眷顾我。

我坐在事先安排好的凳子上，对面是人事部经理和韩籍老总。年轻的人事部经理热情而细致地询问我的情况，让我心底暖暖的。当得知我的兴趣是文学，而且有数十篇作品发表时，他有些惊讶。随着这个话题的深入，人事部经理对我好感大增，还鼓励我说了一些对公司的建议之类的。

气氛非常愉快，我以为自己稳操胜券了。人事部经理扭头问一边的韩籍老总，是否可以当即决定留用我。谁知道，韩籍老总想都没想，便一脸严肃地说：不要！人事部经理礼貌地向我摆摆手，眼里有一丝遗憾。

我找不到被拒绝的原因，也不想莫名其妙地失去机会。于是，我礼貌地询问老总我被拒绝的原因。韩籍老总说："我拒绝别人从来是无条件的！"听到这样的回复，我勃然大怒："我是慕贵公司的名来应聘的，不是来参加无聊的游戏的。您的无条件拒绝对求职者是一种伤害，给出您的拒绝理由很难吗？"说完这些，我预备告辞，却意外地看到了韩籍老总站起身，还露出了笑容。

韩籍老总最后说："我们需要的是有骨气、有恒心的青年，如果被无条件拒绝仍然不吱声，那不是我们所需要的青年才俊。我已经对619名求职者说了'不'，只有你向我'示威'，只有你向我们追问理由。对不起，路，这只是我的面试策略，请原谅！你愿意加入我们吗？"

越过无条件拒绝，我终于成功地加入了梦寐以求的公司，翻开了我人生的新篇章。其实，遭遇无条件拒绝等不合理的状况，我们没有必要一味地隐忍，鲜明地表达自己的态度是一种自尊，更是一种无所畏惧的进取。

原载于《特别关注》

总有一扇门为你而开

文|朱砂

　　七月，当一同毕业的同学们为了工作而东奔西走的时候，我却已经顺利地被分配到了市公安局下属的一个职能部门里。哥哥是这座城市里少有的能天天在电视上露面的人物之一，我的事甚至用不着他亲自出面便轻而易举地解决了。

　　办公室里一共有十四个人，然而要做的工作并不多，许多时候，只要领导一离开，大家便三三两两地凑在一起，男人们下棋，女孩子们有的织毛活，有的悄悄地溜出去逛街，几个岁数大点儿的则是凑在一起谈论着丈夫、孩子、公公和婆婆。在这样轻松的氛围里，我显得有点格格不入，因为我既不会织毛活儿，也不喜欢逛街，更加入不到聊天的队伍中去。于是许多时候我要么是坐在电脑边玩游戏，要么是拿本书躲到角落里去读，实在无聊至极了就干脆趴在办公桌上睡觉。日子就在这浑浑噩噩的状态中一天天远去，有时我觉得自己简直和行尸走肉没什么区别。

　　初夏的一个星期天，我正躺在沙发上一下接一下地按着电视遥控器的选台键，忽然听到有人敲门。打开房门时，一张年轻的笑脸出现在防盗门的小窗上，那人很礼貌地说：“大姐，我是太平洋保险公司的业务员，我可以和您聊聊吗？”

　　“对不起，我不买保险。”我不热心地回答了一句，然后就要关门。

"不要这么早就下结论好吗？也许您听完我的介绍后会改变了主意呢？"那人继续啰唆着。

"我说不买就不买，你这人怎么这么唠叨？"我不耐烦地白了他一眼。

"好，你说不买就不买，但给我倒杯水喝总可以吧？跑了一上午了，我口渴得难受。"那人在门外恳求着。

"好吧，你等着。"

我到厨房给他倒了杯水，可防盗门小窗口上的铁棱太密，无法递出水杯去。

"算了，不难为你了，我还是到别处看看吧。"那人瞅了瞅我手中的杯子，下意识地抿了抿嘴唇。

"要不你进来吧。"我边说边随手打开了防盗门。

"这回你不怕我是坏人了？"他狡黠地笑了笑，冲我做了个鬼脸儿。

"你要真是坏人我就认栽，反正就你一个，今儿个我就和你死拼了，谁胜谁负还两说哪，要知道我可练过跆拳道。"我笑着反击着。

两个人相视而笑，年轻的心总是容易相通的。

看样子他是真渴坏了，我又倒了两杯水，他也都喝光了，直到我第四次为他去倒水时，他才制止了我，打趣地说怕我们家收他水费。

接下来，从他的口中我知道了他是河北师大的学生，和我同一年毕业，不愿意回老家教书，而在城市里找工作又不容易，于是便到保险公司报了名。

"这样卖保险估计卖不出去吧？挨家挨户地去敲陌生人的房门，谁敢让你进呀？"我疑惑地望着他。

"我想总有一扇门为我敞开吧，这一刻的事实还不足以说明一切吗?"

他诡秘地冲我笑了笑,眼里的自信清晰可见。

那一天,我们聊了很久,临走时我签了一份保单。当他问我为什么这么快就决定买一份保险时,我告诉他说和他聊天使我受益匪浅,这份保单是我付他的学费。后来,我们成了要好的朋友。

几天后,在嫂子的劝阻、哥哥的沉默、朋友们的疑惑与爸妈的叹息声中,我辞去了那份让我抑郁的工作,一个人到人才市场上报了名。

在那之后的一年多里,我站过柜台,做过礼仪小姐,推销过鲜牛奶,甚至还当了几个月的代课老师。

2012年春天,我从众多应聘者中脱颖而出,成为一家证券公司的现金会计。两年后,当我原来供职的单位因为国家行政机构改革而被撤销、其他十三个同事纷纷下岗之时,我已是这家证券公司的一名小有成绩的职业经纪人了。

多年以后的今天,当我拥有了足以让当领导的哥哥羡慕的资产时,我越来越深地懂得了,一个人真正值得骄傲的不是有个好饭碗儿的现状,而是到哪里都有口饭吃的本事。

我知道,我的人生还有很长的一段路要走,但未来的日子里无论遇到多大的困难,我相信自己都能挺过去,因为我坚信,这世上总有一扇门为我而开。

原载于《辽宁青年》

赞美与贬责

文|沈岳明

赞美与贬责是一对意思相反的词语，通常的情况下，人们都愿意听到赞美，而不愿遭遇贬责。凡人如此，皇帝更是这样。

话说隋炀帝杨广，就是一个爱听好话的人，他可以说是历史上最爱听好话的皇帝了。皇帝爱听好话，于是臣子们便投其所好，不管皇帝做什么，总会获得一片赞美之声。皇帝高兴了，臣子们的日子也好过了，于是皆大欢喜。

登基之初，杨广也算个好皇帝，事实上，他为各地战事也立下过汗马功劳，并且也想干出一番伟大的事业。可人都是有缺点的，有了缺点，如果有人提醒，改过来也就是了。怕就怕有了缺点后，别人不但不提醒，反而极尽赞美之词，那就麻烦了。

杨广喜欢旅游，但又爱讲排场。他曾三游扬州，两巡塞北，一游河右，三至涿郡，还在长安、洛阳间频繁往返。每次出游，都大造离宫。他为了开掘长堑拱卫洛阳，调发山西、河南几十万农民；营建东都洛阳，每月役使丁男多达两百万人；短短六年时间，开发各段运河，先后调发河南、淮北、淮南、河北、江南诸郡的农民和士兵三百多万人，役死者过半。可是，他干这些事时，听到的总是一片赞美之声，因为离民众太远，来自底层的声音他是听不到的。最终，逼得民反。在逃亡时，杨广被自己的部下宇文化及等人缢杀。可以说，杨广完全是被赞美打倒的。

　　跟杨广相比，清朝的福临，也就是顺治皇帝，就听不到什么好话了。因为他登基时，才六岁，而且也不是什么名正言顺的皇帝，前面有摄政王多尔衮管着，后面又有他的母亲孝庄皇后管着。不管他做什么事情，都有人说他的不是。所以，他听到的大多是贬责之词。

　　其实，福临也不傻，他也有过雄心壮志。可是，不管他做什么，都得不到别人的认可。他不肯娶皇后，可偏有人替他操心，娶了个与他性格不合的女人，后来虽然被他废了皇后的封号，但仍被立为妃子。再后来，又有人替他操心册封了皇后，可还是与他争吵不断，实在过不了日子，他才宠爱了董鄂妃，可董鄂妃却不幸死于花季。

　　不得已，他决定去当和尚。但也没人真正了解他，拥护他的决定，不过是想让他顶着个光头来继续当皇帝，为某些人的利益当棋子而已。于是，贬责声再起，让他当和尚也不得安宁。国事、家事，没一样是他做得了主的，为此福临心烦意乱，憔悴不堪，竟然在22岁花一般的年龄，就染病而逝了。可以说，福临完全是被贬责打倒的。

　　既然赞美与贬责都能将人击倒，那么，我们以后面对他人时，是赞美呢，还是贬责呢？或者说，在面对别人的赞美与贬责时，又该怎样做呢？总不能又像这两位倒霉的皇帝一样，被击倒吧！

　　有一位哲人说得好：不管是被赞美击倒的人，还是被贬责击倒的人，他们都是在乎得失的人。如果一个人不在乎得失了，还有什么能击倒他呢？

原载于《合肥晚报》

第三章

成功，不是指望对手栽跟头

　　职场就像一场比赛，你能看见对手的样子，却永远都不能摸透每个对手的实力和比赛技巧。

　　成功的原因，除了必不可少的努力，还要有一颗豁达的心。我们不能总指望自己是勤奋的乌龟，而对手却是在树荫下睡大觉的懒兔子。其实，和对手一起努力，甚至给予对手一些帮助，那样的成功将更有价值，更值得回味。

把香味留在别人的脚跟上

文｜路勇

几年前，我曾经通过应聘，成功加入市内某知名房地产公司。我入职前，就有朋友告诉我，房地产行业藏龙卧虎，很多年轻人身怀绝技，让我别被他们"误伤"了。我想朋友的意思很简单，让初来乍到的我不要锋芒毕露，应该懂得适时的谦卑，甚至学会"低到尘埃里"。

我曾经设想过很多尴尬的入职经历，比如自我介绍时被喝倒彩，比如被安排到离洗手间最近的格子，比如被当成打杂工去做清洁阿姨的活儿……可是，职场的未来就像彩票号码般变幻莫测，再用心的编排也猜不对现实的剧目。

那天，我衣着光鲜、气宇轩昂地来到公司报到。走到光洁照人的走廊上，我的心情一点点地明朗起来，我想只要轻推那扇门，美好未来就一一呈现了。可是，没想到，推开办公室门后，地上有一摊色彩诡异的脏兮兮的液体，可能是咖啡和果汁的混合体，也可能是别的什么"二合一"或"三合一"。我是在结结实实摔了个跟头后，才对地上的液体开始研究的。

我刚起身，只见一个男同事拿着拖把走过来，用敷衍的语气道着歉："都怪我杯子没端稳，将饮料洒了一地，才害你弄脏了一身行头。"我隐约听到别的同事说："我说小徐，你杯子端的是什么哟，要不给我们介绍介绍？"在一片哄笑中，我知道自己被算计了，这是小徐为我精心准备的"见面礼"。不过，我并没有发怒的打算，我想发怒也是无济于事的。我一边用纸巾擦拭着上衣和裤子，一边面不改色微笑着说："您好，徐前辈，还有各位前辈老师，我是新来的职员小路，很高兴能认识大家，请多关照。"

与其说我的表现震住了大家，不如说是大家被我的淡定雷倒了。不过，更多的见面礼和入职后的责难，并没降临到我的头上。在这家房地产公司上班的几年间，我收获了同事们的善意和关爱，害我栽跟头的小徐更是成为我职场上的贵人，让我在公司左右逢源、逢凶化吉，并获得迅速的成长。

安德鲁·马修斯在《宽容之心》中说过："一只脚踩扁了紫罗兰，她却把香味留在那脚跟上，这就是宽恕。"我想正是在入职栽跟头时，用微笑取代了还击，用宽恕取代了抱怨，把"香味"留在别人的脚跟，才让我最终收获了事业的芬芳。

原载于《青年文摘》

成功，不是指望对手栽跟头

文|路勇

许多年前，我参加了一家知名广告公司的面试，招聘信息是老乡大诚向我透露的。公司老总本意是让内部员工将消息传出来，然后进行一次小规模招聘。奇怪的事情发生了，大诚的很多同事并没将消息"分享"出去，有幸得知招聘信息的只有我和另外三个求职者，招聘的规模几乎要小到极限。

面试在一个暴雨来袭的日子举行，纵使我和另外三个求职者携带了雨具，我们到达面试现场时，依旧掩饰不住小小的狼狈。虽然事先已得知，面试后，可能只有一到两个人会留用，但是我依旧友善地和其他求职者打招呼，根本没有要敌视对手的意思。在我们互相鼓励、互道好运时，老总微笑着，出现在了我们面前。遗憾的是，老总是一个大忙人，和我们没聊几句，就接待一个到访的大客户去了。老总离开时，对我们说："接待完这个重要客户，我会用公司小广播通知你们，去大会议室继续面试。"

我们喝着秘书小姐泡的香浓咖啡，翻看着公司精彩的企业内刊，耐心地等待着老总的广播。不过，室外的暴雨绵绵不绝，还时不时有雷声惊起，一切都在考验我们的耐心。老乡大诚刚好手头无事，便邀我去他的办公室小憩，百无聊赖中，我自然是欣然前往。我意外地发现，原来大诚的办公室就在老总办公室旁边，窗外能看到一片好风景。我笑着说："老乡，想不到，你还是老总眼里的红人呢。"老乡笑而不语，个中韵味，我只能自行体会了。

一个多小时候后，通知我们去面试的小广播终于来了，而且是急促的一连三次。当我从大诚的办公室走向大会议室时，另外三个求职者依旧在喝咖啡、看内刊，丝毫没有要去面试的意思。正当我疑惑不已时，大诚跟我说："刚才雷声阵阵，我这儿离老总办公室近，听得到小广播的声音。但是，其他求职者离得远，听不见一点也不奇怪。""难道我要去做孤独的面试者？"我心底的犹豫一闪而过，接着第一时间通知了其他求职者，然后一起来到了大会议室。

面试的过程波澜不惊，并看不出谁强谁弱，而谁去谁留应该都是合理的事情。不过，当我得知自己成为唯一留用者时，还是狠狠地被吓了一跳。后来，还是大诚道出了真相："成功，不是指望对手栽跟头。因为你懂得，所以你成功。"

我顿时也明白了大诚成功的原因，除了必不可少的努力，还有最为宝贵的豁达吧。我们不能总指望自己是勤奋的乌龟，而对手却是在树荫下睡大觉的懒兔子。其实，和对手一起努力，甚至给予对手一些帮助，那样的成功将更有价值，更值得回味。

原载于《温州都市报》

成功眷顾不走寻常路的人

文 | 路勇

　　《莫比玛》报是斯里兰卡的一份畅销周报，虽然发行量一直名列前茅，但是跟前些年高峰期还是有差距的。对于《莫比玛》报发行量下滑的现状，老板古塔先生早就看不下去了，他可不希望《莫比玛》报一直萎靡不振下去。

　　贾亚瓦德纳是《莫比玛》报的高级营销经理，他不仅负责为报纸招揽各个版面的广告，而且也肩负着提高报纸发行量的重任。年初，老板古塔先生向贾亚瓦德纳下了最后通牒："如果到年中，《莫比玛》报的发行量还是达不到10%的增长，那么你就可以卷铺盖回家种木薯了。"贾亚瓦德纳知道任务艰巨，但是如果胆敢跟老板叫板，恐怕现在就得砸碎饭碗，于是忙不迭地说："我一定不辱使命。"

　　领命后的贾亚瓦德纳如坐针毡，常常为解决摆在面前的难题挠头。其实，贾亚瓦德纳也知道《莫比玛》报的发行量已经非常可观了，而报纸销量下滑的原因是综合性的：第一，斯里兰卡的报业发达，同类型报纸层出不穷；第二，斯里兰卡的网民人数逐年递增，人们的阅读习惯发生了深刻的变化；第三，《莫比玛》报的作用是有限的，人们无法在阅读中获得更多回报。

　　这天，贾亚瓦德纳再次捧着《莫比玛》报陷入沉思，突然被一只硕大的蚊子叮了一口。这只大蚊子"得手"后，竟然没有立即离开，而是围着贾亚瓦德纳的头顶回旋。贾亚瓦德纳不停地跳跃、追赶、拍打，可是那只大蚊子从容地东躲西闪，完全不被突如其来的"追捕"吓倒，甚至一点离开的意思都没有，大有开展下一次进攻的架势。贾亚瓦德纳气恼地说："可别让登革热缠上了。"

资料显示，登革热是登革病毒经蚊虫传播的急性传染病，光斯里兰卡每年就有三万人感染登革热，被感染者较大部分是抵抗能力弱的儿童，而登革热还是致儿童病死的重要原因之一。然而，斯里兰卡的蚊虫很厉害，当地政府用了很多办法驱蚊，还规定居民若不注重卫生、驱蚊不力，甚至会遭遇罚款或被逮捕，但都没起到立竿见影的效果。

贾亚瓦德纳跟那只大蚊子周旋累了，一会儿看着手中的《莫比玛》报，一会儿看着对峙中的大蚊子，他顿时有了主意："如果《莫比玛》报可以驱蚊，在斯里兰卡一定会非常受欢迎。"接着，贾亚瓦德纳开始研究，如何让《莫比玛》报在被阅读的同时，也能达到驱蚊的神奇效果。很快，贾亚瓦德纳找到了好办法——把天然香茅精融入印刷报纸的油墨当中，捧读这样的报纸蚊虫真的就会不近身了。

4月7日，是世界卫生日，《莫比玛》报老总古塔先生适时推出驱蚊报纸，并且在报纸上大力宣扬驱蚊报纸的作用。当日，斯里兰卡人都被神奇的驱蚊报纸给吸引了，不光是《莫比玛》报的忠实读者照常购买报纸，许多平时不怎么看《莫比玛》报的人们也开始购买。"《莫比玛》报要是真的能驱蚊，谁又不愿意买来试试看呢？"这一天，《莫比玛》报临时加印了30%，而加印的部分随后也销售一空。

接下来，《莫比玛》报的销量持续走高，到年中，发行增加量超过年初的35%，斯里兰卡人简直是太爱这份报纸了。后来，

《莫比玛》报驱蚊的消息传开，受到了全世界媒体和读者的关注，它着着实实地红了一把、火了一把，许多国外的报纸甚至不远万里来取经。而差点被炒鱿鱼的贾亚瓦德纳，不仅因为帮《莫比玛》报实现增长而被留用，老板古塔先生一改之前的态度，还说要好好重用贾亚瓦德纳。很多时候，当国内或国外的报纸来采访，老板古塔先生总是将贾亚瓦德纳推出去，毕竟贾亚瓦德纳才是真正的功臣。

贾亚瓦德纳这样对媒体说："有人嘲笑《莫比玛》报只是印了新闻的驱蚊纸，其实一份报纸的锐意进取才是最宝贵的。不管是一份报纸还是一个人，倘若一味地故步自封，恐怕很难获得重新崛起的机会。成功常常眷顾不走寻常路的人，不寻常的路上才更有获得转机的可能。"

原载于《环球人物》

改写命运需要多长时间

文｜查一路

滑铁卢战场，拿破仑与英军展开激烈的鏖战。双方相持不下，损失惨重。此时，拿破仑最需要的是一支增援部队。

不远处，就有这样一支部队。不过，它的统帅是格鲁希元帅，这位忠心耿耿、循规蹈矩的元帅手中统制着三分之一的军队。但他的任务是，战斗打响之后追击普鲁士军队，防止普鲁士军队与英军会合，同时又必须与主力部队保持联系。

格鲁希并未意识到拿破仑的命运掌握在他手中，他只是遵照命令于6月17日晚间出发，按预计方向去追击普鲁士军。但是，敌人始终没有出现，被击溃的普军撤退的踪迹也始终没有找到。

隆隆的炮声从远方传来。副司令热拉尔急切地要求："立即向开炮的方向前进！"几个军官用印第安人的姿势伏在地上，已辨别出开炮的方向。所有的人都毫不怀疑，拿破仑已经向英军发起攻击了。传来炮声的地方，正是拿破仑所在的位置，而兵稀将少的拿破仑急需增援。

可是，格鲁希犹豫了。他习惯于唯命是从。在他的意识中，拿破仑的命令至高无上。拿破仑的命令是让他追击撤退的普军。

将士们仰望着他，等待他最后的命令。热拉尔甚至提出可以带自己的一师人马和若干骑兵分兵驰援。格鲁希答应考虑，然而他考虑了一秒钟，仅仅只考虑了一秒钟。做出了决定，答案是——不。因为他的意识中"追击普军"始终主宰着他的思维。

一秒钟，决定了他的命运、拿破仑的命运和整个欧洲的命运。溃败如暴雨倾泻时，拿破仑怒问苍天："格鲁希在哪里，他究竟待在什么地方？"而格鲁希因为心中有成文的命令，也始终不去倾听远方炮声的召唤。

人们往往把命运交给漫长的一生去隐忍和磨砺。平淡的时光犹如暗夜，唯有那决定性的一瞬，像闪电般撕破夜幕，照亮无边的黑暗。那闪耀的一秒钟，它开启智慧，辨别方向，决定成败。然而，这样的一秒钟为数不多且稍纵即逝。你为它做好了准备吗？茨威格说："命运鄙视地把畏首畏尾的人拒之门外。"

原载于《风流一代》

将敌人变成朋友

文|沈岳明

　　一家鞋材公司的总裁决定在自己四个助手中挑选一个出任总经理。他提出的要求是，谁在短时间内战胜了另一家更强大的鞋材公司，谁就有机会坐上总经理的位置。总裁的命令一出，四位跃跃欲试的助手便各自想办法去了。

　　可是，另一家公司多年来一直是他们的强大对手，要想在短时间内战胜对方，谈何容易？第一位助手的办法是：加强本公司的产品质量，另外，从价格上再向客户让利10％。市场反馈很快表明，虽然在公司经营上略有起色，但还谈不上战胜对方公司。对方公司的实力不在他们之下，不论是技术力量，还是经济力量，所以这招起不到实质性作用。

　　第二位助手的办法是：制造一批劣质产品，然后打上对方公司的商标，假冒对方公司的工作人员向客户推销，以此来损害对方公司的声誉，让对方公司无法在市场上立足。刚开始时，确实给对方的产品销售带来了一些麻烦，在经济上也造成了不小的损失。可是，不久，对方公司便与打假办联合起来查清了那批劣质产品的来源，并顺藤摸瓜地抓住了幕后人。第二个方法不但没能战胜对方公司，各大媒体还给对方公司做了一次免费广告，最惨的是，自己公司也因此背上了不好的名声。

　　第三个助手的办法是：挖墙脚，将对方公司的人才挖过来，将对方公司的先进技术偷过来。只有知己知彼才能百战百胜，如果掌握了对方的先进技术和人才，还怕战胜不了对方？哪知对方公司有一帮铁杆技术人才，即使有愿意过来的也都是些平庸之辈，而且还漫天要价，干不了多久又跳槽走了。

令人意外的是，第四位助手被总裁任命当上了总经理，因为只有他的方法最直接最有效。他的方法是：找到对方的总裁，真诚地提出与对方公司合作，共同研制出更好的产品。这样的合作在商界中称为强强联手，共同获利。总裁在任命会上激动地说，真正战胜对手的办法就是与之合作，将敌人变成朋友才是最好的消除敌人的办法啊！

在现代社会复杂的商场与人际关系中，如果将敌人变成了朋友，又何愁事业不能成功、人生不能成功呢？

原载于《新时文·思想卷》

捷径通向最远的路

文 | 路勇

李峻是新人，新人最大的愿景，无非是闯过试用期，最后变成公司的元老。然而，现实并非都这么美，不是所有人都等来了花开，最后也等来了硕果累累的秋天。

李峻还是有紧迫感的，这不是他的第一份工作，这也不是他的第一次试用期，不过前几次还真不怎么顺利。"难道这一次又卡在试用期？"显然，李峻是不甘愿"情景再现"的，他需要一次事业的飞跃。

公司真的需要人手，好多工作需要有人来完成，李峻这一批新人的到来，无疑是解了公司的燃眉之急。很快，老总给李峻和其他新人分配讨债的任务，不过老总的分配貌似并不怎么上心——老总竟然让新人们自己挑任务，挑到什么任务就是什么任务。李峻不是最早挑任务的，当然他也不是最后挑的，但是他一挑完，大家都惊掉了眼珠子。

原来，李峻选择的是到离公司最远的一间工厂去讨债。这间工厂不仅在远郊的国道边，而且是公司许多年来的"老大难"，老板派了许多人去都铩羽而归。简单点来说，李峻选择的是最难啃的硬骨头，也是谁都避之唯恐不及的大麻烦。就像是登山者本来可以选最近的路下山，他却偏偏选了最难走的环山路，这无疑充满了无限的风险。

很多同事暗地里说："这李峻恐怕凶多吉少，估计这试用期又过不去了。"李峻没有时间理会这些闲言，每天都去讨债的工厂打卡，常常一坐就是一整天。那个老板对李峻视而不见，就算有客户来谈业务，也不介意李峻在场，仿佛面前就是个透明人。当李峻和朋友说起自己的遭遇，朋友说："哥们，看来你是遇到赖账高手了，这是油盐不进的主啊。"

李峻并没有气馁，把讨债讨得像上班一样，一天不落地去那间工厂"报到"。那个老板偶尔也会皱眉头，但是也不敢随随便便下逐客令，毕竟真的欠了一大笔钱，欠债还钱又是天经地义的。于是，一场没完没了的拉锯战，在李峻和那个老板之间进行着。转眼，李峻的试用期过了一大半，别的新人或多或少有了收获，唯独他还是尴尬地原地踏步。

试用期结束了，李峻并没有被老板立即劝退，而是和其他留用的新人一样，也获得了一份正式合同。这不仅让新人们不服气，其他同事也纷纷表示"有些搞不懂老板"。

李峻拿到正式合同第三天，那难讨的债也有了眉目，那个老板答应付一半欠款，另外一半也会在一周内付清。原来，那个老板在谈一笔新业务，合作对象是他的初恋情人，为了不在旧爱面前丢脸，他决定清了这笔拖了很久的债。其实，女客户是李峻花了点脑筋给引来的，当然这事也办得神不知鬼不觉。虽然一对旧情人的业务谈不谈得成很难说，但是李峻却顺利地讨回了一半的债。一周后，不等李峻上门，那个老板又汇来剩余的欠款。这时，同事们纷纷对李峻竖起来大拇指，有人不禁夸奖他："这小子还真有两把刷子。"

公司的例会上，老总宣布给李峻加薪的同时，颇有感慨地说："职场中，很多人都想走捷径，认为那是通往成功最快的办法。殊不知，捷径不一定是最短的路程，捷径有时候通往最远的

路，走得远一点却离成功最近，就像曲线也有可能比直线更接近
终点。"

原载于《教育与职业》

境界犹如撑竿跳

文｜查一路

蒂姆·伯纳斯·李的名字远没有比尔·盖茨响亮，但他却是互联网公司的CEO们心中的偶像。

1990年，伯纳斯·李在当时的网络系统上开发出了世界上第一个网络服务器和第一个客户端浏览器编辑程序。接着，启动了万维网，并成立了全球第一个"WWW"网站。这位1955年出生于伦敦的物理学家，是万维网的创始人。

如今，www、http、url等词语成了人们习惯的日常用语，万维网正在日益深刻地改变着人们工作、娱乐、思想交流和社交的各种方式，并影响到人们生活的几乎每个领域。从某种程度上讲，万维网诞生的意义并不亚于印刷术、电话等发明对人类历史的深远影响。

伯纳斯·李的发明改变了全球信息化的传统模式，带来了一个信息交流的全新时代。可是，伯纳斯·李并没有为"WWW"申请专利和限制它的使用，而是无偿地向全世界开放。这为互联网的全球化普及翻开了里程碑式的篇章，让互联网走进千家万户。也就是说，为互联网的普及，伯纳斯·李放弃了自己本可以获得的天价的财富，更进一步说，他本可以在财富上与比尔·盖茨一决雌雄的。

同样是在1990年，微软完善了自己的苹果视窗版本微软视窗

3.0。1996年微软"全心全意地拥抱了因特公司"。如今，微软是世界上各种网络浏览器的最强提供者，稳坐行业的第一把交椅。无疑，比尔·盖茨是这个时代的创富英雄。

与伯纳斯·李不同的是，比尔·盖茨不放弃任何一个商机，人们形容他像一只青蛙，瞪着双眼，紧盯着浮在水面上的所有昆虫，看准时机，迅速下手。这位技术的追星族，是在合适的时间和地点露面的天才。

盖茨可能觉得自己很委屈，他也能捐出善款，与他人分享财富，为什么自己总是官司与麻烦不断？其实，他应该明白他首先满足的是自己。财富，让他有吃不完的汉堡，也让他能在被红颜知己诉诸法庭时，支付出80亿美元的巨款。

人心是杆秤。如今，伯纳斯与盖茨的境遇有所不同，伯纳斯虽然没有获得巨额财富，却被尊为"互联网之父"，人们称誉他的贡献时说，"与其他所有推动人类进程的发明不同，这是一件纯粹个人的劳动成果，万维网只属于伯纳斯·李一个人"。2004年4月，芬兰技术奖基金会将全球最大的科技类奖"千年技术奖"授予他。

相对于伯纳斯，盖茨虽然富可敌国，但在欧美，人们把更多的麻烦给了他，并且处处提防，让他焦头烂额，疲于奔命。他甚至不知道，未来岁月里究竟还有多少说不清道不明的官司等着他。因为对于他的财富，人们有个疑问，这家伙是不是把我们口袋里的钱掏走得太多？

在IT精英不断涌现的今天，比尔·盖茨或许有可能被人取代，但有谁能相信，还有谁能比伯纳斯走得更远？

伯纳斯和盖茨的差别，是科学家和商人在人生境界上的差别。境界犹如撑竿跳，要想跳得高，必须克服引力，要克服"自我"和"欲望"的地球吸引力，必须呼啸而起，在极限的高度将自己甩出去，才能获得超越平庸的高度，高于几倍世俗的自我。从这个意义上说，我觉得盖茨玩的是跳高，而伯纳斯玩的则是撑竿跳。

原载于《中国青年》

没有卑微的工作

文|姜钦峰

　　米勒的演员梦，源于小时候的一次演出。大学毕业后，米勒去好莱坞寻梦，加入了福克斯公司。起初，他满怀期待，以为这里就是梦想起航的地方。但是没多久，残酷的现实就给了他当头一棒，在明星大腕云集的好莱坞，像他这样的新人遍地都是，他甚至连出镜的机会都没有。

　　米勒在公司身兼数职，一天到晚忙得不可开交，接电话、复印、传真、给大腕买零食、帮老板买午餐……除了演戏，他几乎什么事情都干过，跑腿打杂样样有份。他每天还有一项稳定的工作——遛狗！有些明星会带着宠物狗来上班，主人忙的时候，往往没有时间照看爱犬，于是他就有了用武之地，牵着狗出去散步。这项工作虽然有点滑稽，却并不轻松，有时狗会生病拉肚子，他必须给狗戴上纸尿片，确保不让狗弄脏豪华地毯。

　　现实离梦想很远，但是米勒并没有抱怨，既然拿了薪水就要干活。他依旧尽心尽责，踏踏实实，每件小事都当成大事办，力求完美。渐渐地，他在公司获得了良好的人缘，大家都对这个诚恳的年轻人心生好感，别人也愿意放心地把狗交给他。他从未放弃梦想，只是在耐心等待机会。

　　几年后，米勒终于迎来了一次重大机会，在一部电影中出演一名拳击手。为了演好这个角色，他做了最充分的准备，并参加了六个月的拳击训练。功夫不负有心人，他的表演很成功，获得了一致认可。这是一部大制作，有妮可·基德曼等大牌影星加盟，而且在许多电影节上获奖。对于新人而言，这简直是梦幻般的开局，能为他带来足够的人气和知名度。米勒踌躇满志，信心百倍，似乎看见成功的大门正在徐徐开启。

出乎意料的是，这部大制作并未给他带来半点机会，此后两年内，他没有接到任何片约，主要工作依然是遛狗。满怀期待，结果空欢喜一场，命运跟他开了个不大不小的玩笑。漫长的等待之后，终于又有人找米勒拍电影了，不过这次是小制作，名副其实的小制作，只有10分钟长的小电影。小就小点吧，好歹也是电影，可是看完剧本之后，米勒不禁大失所望。导演想让他演囚犯，然后因为感情问题，他还要从监狱中逃出来。米勒觉得这个角色不适合自己，而且他也不愿意演囚犯，怕自毁形象，但是思前想后，他还是勉强答应了。因为他只有两个选择，要么演囚犯，要么继续遛狗。

就像米勒事先预料的那样，这部只有10分钟的小电影，根本不会产生任何影响。不料一个月之后，福克斯公司忽然通知米勒去试镜，这是一部即将开拍的电视剧，剧中的男主角也是一名囚犯，讲的也是如何逃出监狱的故事。因为米勒刚刚演过囚犯，演得还不错，所以剧组想到了他。既然是试镜，肯定会有许多候选人参加，米勒只不过是其中之一。经历了上次的失落，他的心态已经平稳了许多，并未抱太大希望。

在摄影棚试镜时，屋子里满满地坐了好几十个人，黑压压一大片，个个表情严肃，男主角的人选将由这些人来决定。米勒作为新人去试镜，面对那么多挑剔的目光，心里却一点儿也不紧张，发挥自如。虽然他们都是公司高层或者明星大腕，但是在米勒眼里，他们既不神秘也不陌生，就像老朋友一般。因为在这些人当中，有叫他接过传真的，有经常叫他帮忙买零食的，当然还有不少人的爱犬早就跟米勒建立了深厚的友谊。实力、运气、人缘，在这一刻，米勒统统具备了，结果可想而知。

　　这部美国电视剧叫《越狱》，他就是风靡全球的"米帅"，温特沃什·米勒，在剧中饰演男主角迈克。人生总是充满了意外，你永远不知道，下一秒钟将会发生什么。没有一项工作是卑微的，眼下极不起眼的一小步，兴许就是通往巅峰的起点。

原载于《人生与伴侣》

能做路人甲，就别做路人乙

文|路勇

静芬从某名牌大学毕业后，本以为工作应该非常好找，然而真相却残酷得让人想落泪。朋友说："静芬，你不要太挑剔，骑驴找马，慢慢来。"可是，静芬却跟自己说："属于我的驴到底在哪？"

后来，静芬在一家私企找到了岗位，那是她之前看都不会看的公司，那也是她以前想都不曾想过的岗位。可是，从象牙塔进入了社会，静芬再也没有办法厚着脸皮啃老，而且静芬的父母也不过是收入微薄的工薪族。于是，静芬开始了她的第一份工作，哪怕那只是一份近乎打杂的工作。有时候，静芬和朋友聊起自己的工作，还会自我解嘲地说："周星驰还演过宋兵乙，甚至还躺在地上演死尸，我其实一点也不委屈。"

当然，偌大的一个部门，静芬不是唯一的部门助理，跟她一起工作的还有两个年轻人。比起静芬，另外两个年轻人的学历要浅得多，而且他们还处在实习的初级阶段。静芬可不同，静芬是公司正式聘用的员工，而且一下子就签了三年的工作合同。部门主管也时常跟静芬说："虽然你们都是公司的新生力量，但是你应承担更多的责任和义务，好好地带领和协助他们把工作做好。"

起初，静芬并没把部门主管的话放在心底，还嘟哝道："我跟他们都是一样的打杂，做着一份微不足道的工作，哪有资格和底气去管别人？"这时，部门主管不客气地说："难道你宁愿眼睁睁地看着他们转正，然后轻轻松松取代你甚至超越你，到最后甚至不留情面地踢你出局？"听部门主管这么一说，静芬顿时紧张起来，跟着也开始认真琢磨起这番话。

　　很快，静芬改变了工作作风，不仅自己的工作干得又好又快，还时常帮助两位年轻同事完成工作。虽然静芬只是新人，甚至比两位年轻人还来得晚，但是毕竟她拥有的不是一份临时工作，所以两位年轻人对静芬很尊敬，有不懂总是虚心地向静芬请教。渐渐地，静芬便有了元老带新人的感觉，工作虽然依旧微不足道，但是那份被认可的感觉，却让她有了小小的满足和动力。

　　时间久了些，静芬调到了别的部门，工作依旧是琐碎而繁忙的。和静芬搭档的是一个叫晓辉的男生，晓辉长得人高马大，干起活来却无精打采，甚至有人打趣道："小伙子，你什么时候才能睡醒？"私底下，静芬跟晓辉打趣道："你可是我的前辈，前辈要做个好的表率嘛。"晓辉没好气地说："部门里的同事高高在上，什么杂事都袖手旁观，唯独我们俩忙得团团转，我拿的只是他们一半甚至三分之一的薪水，凭什么要让你自己忙得像只陀螺？"

　　静芬耐心地说："周星驰也不是第一天就当男主角，他所拥有的全部的荣誉和成就，也应感谢跑龙套的日子。就像周星驰说过，不管是演宋兵乙还是演死尸，他都会比别人付出更多倍的汗水，因为他不希望自己没有进步，不希望守不住来之不易的成绩，不希望自己连宋兵乙和死尸都没机会演，而却去做一个端茶倒水、递盒饭的杂工。"

　　看到晓辉略有触动，静芬继续说："现在的你在嫌弃自己的岗位，也在嫌弃现在不得志的自己，就像有宋兵乙却不去演甘愿做杂务。其实，身在职场，就像身在剧组，我们能做路人甲，就别做路人乙，再小的岗位也是岗位，再小的机遇也是机遇，不退而求其次的勇敢前行，是我们创造辉煌的基础和机缘。"

或许不是每颗星星都可以耀眼，但是在夜空中不服输的绽放，却有一种让人心动的力量。我们有理由相信，静芬、晓辉还有更多的年轻人，一定会收获越来越好的未来。

原载于《深圳青年》

谁是你生命中的贵人

文|朱国勇

那一年，我还小吧，十三四岁的样子。村里来了一位卜卦的盲人，母亲为我卜了一卦。盲人说我少年多磨。母亲听了，一脸的紧张。好在盲人接着又说，不过也不要紧，关键时候会有贵人相助的。

在我清澈而懵懂的眼神中，从此有了一份默默的期盼，我等待着一位身着五彩华衣的贵人从天而降，给我带来幸福安康的生活。

然而，这位贵人一直没来。倒是"少年多磨"让盲人说中了。父亲突然得了重病，我只好中断学业，来到南方的一个小城。我在一家装饰公司，做一名清洁工。公司很大，楼上楼下几十间屋子，随时都要保持清洁，工作量很大。一同做清洁的，还有一位六十多岁的老阿婆。阿婆很老了，因为有个儿子在遥远的城市读大学，这才不得不出来打工。累极的时候，阿婆就不住地用手捶着自己的腰部。

看到阿婆这么劳累，我真不忍心。为了照顾她，我每天提前两小时来到公司，迅速地打扫好卫生。等到阿婆来的时候，我已经做完了全部的工作。阿婆感激地朝我笑笑，然后就拿着抹布一张一张地去擦桌子。私下里，阿婆跟我说了许多感谢的话，我安慰她说，我年轻，又是庄户人家出身，做这点活，小菜一碟而已，边说我边挺起胸膛扬扬胳膊。阿婆便慈眉善目地笑了：真是个好孩子。

就这样，过了两年多，我早已长成一个壮实的大小伙子，再做清洁工不合适了。我便下工地成了一名装饰工人。没多久，阿婆也回家了，听说她儿子毕业了。

工地上，虽然赚钱多点，却比清洁工累得多。常常一天下来，回到工棚往床上一倒，连吃晚饭都不想起来，浑身就像散了架子似的。吃的也很差，几乎不见油腥，才一个多月，我就瘦了一圈。我咬牙坚持着，幻想着有一天，能在这个城市，拥有一块立足之地。

半年后，我生命中的贵人终于降临了。

他姓魏，是公司新来的副总经理，三十岁不到的样子，听说还是MBA毕业的。他找到了我，说有一个小工程想包给我干，让我去组织几十名工人。打工的谁不想当包工头？可惜我哪来的启动资金呢？魏经理拍着我肩膀温暖地微笑：好好干！资金问题你不用担心，我让财务室预支给你。

就这样，我成了一名包工头。为了报答魏经理，我严格按照相关规定施工，工程质量完成得很好。一年下来，我的施工队成了公司里最优秀的施工队。魏经理更加照顾我了，一有工程就发包给我。才两三年的时间，我就在这个寸土寸金的南方城市买下了自己的住房。

我非常感激魏经理，一次酒席上，我动情地举着杯敬魏经理："你就是我的贵人，是你改变了我的命运。"

"改变你命运的其实是你自己，要不是你的工程质量过关，我也不敢把工程包给你啊！"他紧握着我的手，眼睛里闪着清澈的亮光，"另外，我还要告诉你一个秘密。还记得那位搞卫生的阿婆吗？我就是她那个在远方读大学的儿子。她一直叮嘱我，要是有机会，一定要好好报答你。"

那一刹那间，我深深震撼了，原来万事皆有因果，根本没有无缘无故的贵人。我一时的无心之举，竟然成就了我的人生。

职场上，生活中，不会有从天而降的贵人，但是只要心存善念，广行善举，我们自己便是自己的职场贵人！

原载于《意林》

提着灯笼找自己

文│查一路

　　假期去另一座城市看望同学，本想开怀畅谈一番，不想我这位初中老同学正处在郁闷之中。也是，这样的事搁谁身上，谁都会郁闷。

　　十几年前，他中专毕业分到一个单位，不想年复一年就固定在某个位置上，原因是学历太低无法重用。眼看跟他同时分来的同事一个个得到了提拔，他一怒之下发愤图强，读了单位委培的研究生。等他回到单位，连后来分来的同事都一个个晋升，他还在原地不动。学历是很高，领导解释说所学专业不对口，而获得晋升的同事中，许多近乎文盲压根就无专业可言。同学愤愤地说："我倒不是想要个什么一官半职，我就是想不通我这么努力为什么就得不到承认！"他请我找找原因。其实原因不用找就在那里明摆着。

　　西方一位心理学家说：奶牛产牛奶不是为了让牛奶商获利，而是为了自我满足。而对人来说，寻找到心灵的位置比寻找到生活中的位置更重要。我告诉了他自己的一段经历。童年的夏夜，我父亲常常指着我手中的萤火虫跟我说："知道它为什么整夜不停地发光吗？它是在提着灯笼找自己呢！"

　　父亲说这话的时候仿佛是在自说自话。月亮和星星那么高那么亮，萤火虫的光亮细微得接近于无，但是，它还是执着地寻找着自己。那时，在我印象中，我父亲英气勃勃，富有才华，胸怀抱负，读了将近20年的长书，当了一辈子的乡村教师，他怡然自得。曾有过激愤，有过苦恼，最终他还是归于平静。

生活着，需要面对生活给予你的种种不平。作家余华在他的小说《许三观卖血记》里，有一处形象的暗喻描述这种不公平：当人在母腹中还是个胚胎，最初就长了眉毛，眉毛比腋毛长得早，但是眉毛始终没有腋毛长。不公平仿佛与生俱来，根深蒂固，确立生活态度的意义，也正在于如何对待种种不平。晚清名士杨度"当时成败已沧桑"的感慨值得玩味。岁月渐远，成与败如风轻扬，终将从生活中淡出。

发一分光，发自己的光。不和星星月亮攀比，用自己的光亮照亮自己的心。找到心灵安放的位置，做一个精神不倦、心里亮堂的人。辨别眼前的方向，做好手边的事情。在无数个夏夜仰望苍穹，意识可以化作一只不倦的萤火虫，提着灯笼寻找自己。

找到了，心——就坦然了。

原载于《意林》

王安石的另类智慧

文|朱国勇

北宋庆历七年，江南地区阴雨绵绵，从三月一直下到九月，田里的庄稼颗粒无收，受灾面积达一百二十七个县。米价接连上涨，到了十月，米价就由原来的每石四百文涨到了一千五百文，老百姓苦不堪言。

江南各州府官员一面向朝廷请求援助，一面强力抑制米价惩办奸商。一旦发现有人哄抬米价，轻则没收家产发配充军，重则就地斩首。靠着这种雷霆般的手段，江南地区的米价终于稳定下来，维持在每石五百文左右。

但是，在东南沿海，一个当时叫鄞县的偏远小县（现在的宁波），却有一个很另类的县令，不但不抑制米价，反而发出公文，以政府的名义硬性规定：鄞县境内米价每石三千文！

这位大胆的县令就是历史上鼎鼎大名的王安石。

一时间，宁波境内民怨沸腾，尤其是一些普通百姓骂得最厉害。因为米价太贵，不少人家只好举家食粥。米商们则欢呼雀跃，发了大财，他们纷纷知趣地给王安石送来金银。对此，王安石来者不拒，一一收下。偶尔有外地的商人忘了敬献金银，王安石就让师爷前去讨要。

时任杭州知府的吕向高，听说了这事，怒不可遏。只因碍着王家世代为官，势力强大，而王安石本人又是海内名士文人领袖，这才暂时没有追究。吕向高心想：等宁波闹得不可收拾，再去发落王安石吧！也免得自己落下妒贤嫉能、不能容人的骂名。

没想到，由于陕西一带连年大旱，朝廷已经赈济多年，如今国库空虚，对江南的雨灾，一时无力救助。到了第二年三月，江南市面上几乎已经无米可卖。黑市上，米价出到五千文一石，还常常有价无市。大量饥民开始涌现，不少人举家外迁，每天都有许多人因饥饿而死。昔日风景如画的江南，一时哀鸿遍野，凄凉一片。

与此形成强烈对比的是，宁波境内却米粮充足，人民生活安定。原来，全国各地的商人听说宁波米价高昂，有利可图，纷纷把米贩到宁波。宁波的老百姓们，虽然一时间将多年的积蓄消耗殆尽，却几乎没有出现饥民。对于无力买粮的人家，王安石就发给银两救助。

后来，宁波的米粮越积越多，渐渐供大于求。商人们已经把米运来，不好再运回去，只好就地降价销售。米价竟然慢慢降回到了一千五百文一石。

同江南其他地方比起来，宁波简直就是个世外桃源。

原来，江南不同于陕甘等贫弱地区。这里历来富庶，不仅鱼米丰饶，而且商业十分发达。普通人家几十年下来，也小有积蓄。因此，乍遇荒年，人们需要的只是粮食。就算米价高，俭省一点，也能坚持一年半载。

吕向高这才发现，王安石真有一套，实在是高。他马上嘉奖王安石，并通令江南各地提高粮价，每石三千五百文。

商人们一听，大受振奋，纷纷竭尽所能，马拖驴运水陆并行，从全国各地的米源源不断地贩到江南来。江南民众家财散尽，却终于度过了这一劫。

私下里，吕向高曾责怪王安石：有这么好的办法，为何不早点告诉我？王安石苦笑着说："朝廷年年在陕甘一带赈灾，稳定米价早成惯例。我一个小小的七品县令，人微言轻，就算说了，大人您能听我的吗？"吕向高听了，点头称是。

经此一事，王安石声名大震，从此平步青云，成为北宋一代名臣。

原载于《意林》

我比你傲慢

文|路勇

　　面试之前，我知道那是一家大名鼎鼎的韩资企业，办公环境和工作待遇都是一流的。朋友们事先给我打"预防针"：名企的老板很大牌的，你的心脏要够坚强哦。我想我只是去争取一份工作，得与失或许很重要，但是这并非我唯一的工作机会，所以我心态很放松。

　　名企的号召力就是不一样，不多的岗位吸引了众多的求职者蜂拥而至。工作人员首先剔除了不符合要求的求职者，比如学历本科以下、工作经验不足或不懂韩语的。这样一来，求职者便少了一大半，不过还是有两三百人等待老板的面试。

　　我排在258号，面试安排在下午。除了午间进餐，我时刻都不敢离开面试现场。在面试现场，我看着求职者一个个进去，然后又一个个出来。我阅读着他们的表情，希望从他们的表情中得到答案：他们是否获得了老板的青睐，或者因为这样那样的原因失败了？我虽然没上前去询问失败者，但是从身边人零星的交流中我知道，老板是个很执拗的韩国男人，苛刻的程度超过了很多人的想象。

　　终于轮到我上场了，我很珍惜属于自己的机会，也希望能从两三百人的阵容中脱颖而出。当我从容地推开老板办公室门时，心里忐忑不安。让我意外的是，我第一眼却没看到面试的老板，难道这是一间空房子，或者房内装满了摄像头来监控求职者？

正当我脑子快速运转时，突然传出一句蹩脚的中文："介绍一下你自己吧！"声音来自硕大的老板桌那边，我再细看，才发现老板椅调得很低，老板懒懒地"躺"在上面，言语中充满了傲慢，甚至有一丝蔑视。我见过傲慢的主考官，见过无礼的老板，但是像这样过分的，我还是第一次遇到。我有一种热血往头顶涌动的感觉，拳头也不由自主地握紧了。

我分别用中文和韩语对这位老板说："请收起你没有礼貌的傲慢，调整你的坐姿再和我说话。"我以为他会暴跳如雷，甚至大叫大喊："保安，过来，把这个傲慢的家伙轰出去。"但是，气氛出奇地安静，接着，老板站了起来，文质彬彬地说："路先生，抱歉，我的傲慢只是面试中的设计，你是唯一一个敢让我站起来的求职者，恭喜你，你被录用了！"

想不到一切峰回路转，这下轮到我哑口无言了……

原载于《西江月》

别把自己的马儿策得太快

文|李丹崖

隋炀帝登基之后，不止一次在殿上说，我很喜欢孟之反这个人。孟之反是谁，隋炀帝为何这般喜欢他？

《左传》记载，鲁哀公十一年，齐国和鲁国交战，鲁国败退，鲁军都撤退，而作为统帅，孟之反却策马走在最后面，等待所有将士都到达安全区域后，他才策马抵达。进入城门的时候，有人惊呼，统帅怎么如此舍己为人？孟之反诙谐地说："不是我不愿意跑快呀，只因我的马跑得太慢了，无论我怎么鞭打它，它还是这么慢腾腾。"

一位统帅，没有好马，谁信？孟之反这么做，无非是不愿好大喜功，甘居人后而已。所以，隋炀帝才这么推崇他。

在隋朝，有个名叫牛弘的人，可谓是隋朝的"孟之反"。牛弘贤能，且很博学，但他从不在别人面前显露自己的才能，凡事最懂"藏锋"。隋炀帝最喜欢他，经常邀他同席就餐。即便如此，牛弘依然故我，从不张扬，坐最破的车，穿最旧的衣服，从不倚强凌弱，同僚也无不说他是谦谦君子。

隋炀帝时期，还有个和牛弘一样贤能的人，叫薛道衡，也一样博学，曾经在隋高祖时期就做过内史侍郎。隋炀帝登基以后，薛道衡为了显示自己的博学，给隋炀帝呈上了一篇文章，名曰《高祖颂》，当然了，此文写得诗情恣肆，不可谓不是一篇好文。但隋炀帝收到此文之后，就扔到了一边说："空为文采，毫无内质。"薛道衡很不服气，仍不知收敛，一副"老子天下第一"的做派，后来，有大臣向隋炀帝吹风说，有位薛道衡，自诩文章天下第一，把皇上您也不放在眼里。隋炀帝一听，这还了得，加之他本身就暴虐，立时下令把薛道衡给绞了。当时，满朝文武，竟没有一人为薛道衡求情，你说薛道衡是怎么为人的？

同样文采斐然，同样博古通今，为何牛弘飞黄腾达，而薛道衡却被绞杀？恐怕与两人的心性不无关系。如果把朝代比作坦途，牛弘只是谦逊地举起自己的鞭子，谦恭地甘居人后，不争不抢，而薛道衡正因把自己的鞭子举得太高，策马太快，目空一切地绝尘而去，才陷入孤立无援的境地呀！

有才别恃才，恃才别傲物。这是千古醒世名言，而历数古今，却总有些妄自尊大的人不懂得收敛自己的锋芒呀！

原载于《做人与处事》

一笑露出八颗牙

文 | 查一路

我祖母在世时，爱给我讲一个很古老的故事。

在我故乡的趟马山，土匪出没，经常捉行人绑票。土匪在吃饭时，端给肉票两道菜：红烧肉、青菜。接下来就是问题的关键了。我祖母把它当作智力测验来考我：若你，你先向哪个碗里伸筷子？我总以为祖母是拿故事来给我解馋，流着口水说，红烧肉，红烧肉。

祖母连连摇头否定。并且在我注意力分散的时候，用平端的手掌绕着脖子划过去，随着"咔嚓"一声，眼白上翻，说若选红烧肉就说明肉票是穷人，没什么油水可榨，小命就这样归阴。若选青菜嘛，祖母脸上的皱纹松弛下来，那倒还可以破财消灾。

祖母划脖子的模拟动作加上配音，总让我吃惊不小。不经意地乱伸一下筷子，有可能丢了性命。说明了什么呢？祖母只知道故事的本身。我读了几年书，又在社会上混了几年，挖掘出了其中的潜台词：细节决定命运。

一位美国到中国来的投资商，生产一种自来水龙头，获得了巨大的利润。当初他之所以选择了这个很不起眼的投资方向，原因是他看到中国人到美国去，关水龙头时，总要使很大的劲。他就想，水龙头容易漏水才会使这么大的劲去关，久而久之养成了习惯动作，在中国，水龙头的质量一定不过关。他从中获得了灵感，后来一交谈发现情况确实如此，才经过考察决定投资这种对他们来说资金和技术要求都不很高的项目。他原本是个很小很小的商人，却发了意想不到的大财。

著名的沃尔玛公司的服务是优质的，它开辟了前所未有的零售商业连锁业务。成功的因素可能很多，其中有一点带有沃尔玛企业文化特色的规定，很引人注目。它要求所有的业务员微笑服务，而且，对于微笑也有细致入微的要求，要求微笑要露出八颗牙。为什么要露出八颗牙？笔者对着镜子做了一番体会，如果只露四颗，整个脸给人皮笑肉不笑的感觉；倘若露出十六颗，看上去龇牙咧嘴的，有点吓人。可见，"八"这个数字，一定让策划者琢磨了好久。对顾客细心的热情与体贴，必然赢得丰厚的回报。剩下来的，沃尔玛事业的壮大、在全球企业中排名的上升，自然也就是顺理成章的事了。

最近，我外地的一位同学到一家大公司去应聘待遇优厚的财务主管。学位证书、注册会计师证书、荣誉证书等拎去了一大方便袋，他蛮有信心的，事情也挺有希望的。想不到，在面试时，被刷了下来。而被录用的那位比他的证书少得多。我同学大骂负责面试的副总裁吹毛求疵，说面试时我衬衫少扣了一粒纽扣跟我的业务能力是风马牛不相及的事，他竟以此为借口把我给刷了。那天天热，我同学确实多解了一粒纽扣，见副总裁时又慌慌张张地忘记扣上，可能还露出了胸毛。但也不至于为此就丢了位子吧，我同学连说荒唐，愤愤不平。

我在一边从另一个角度想问题，把这件事给想通了，就不知道该不该跟同学说：那么大公司的财务主管，肯定要求心细如发丝……而少扣一粒纽扣，是多么小的事，又是多么大的事啊！

原载于《中国青年》

第四章

和你相信的价值一起前进

　　美国福特汽车公司有一句最著名的广告语：
"每天，和你相信的价值一起前进。"瞅瞅我们周
围，就会发现，其实生活里有许多看似荒唐的行为中
却存在着巨大的商机，我们所需要做的，就是自信地
坚持下去，哪怕全世界都在嘲笑你。

和你相信的价值一起前进

文｜朱砂

31岁的安德鲁·戈登是一名普通的英国人，出生在苏格兰的林利斯戈，目前居住在萨里郡的坎伯利市。

一个偶然的机会，戈登和他的朋友去喝酒时，无意间发现酒吧的桌子下面垫着几张餐巾纸。原来，桌子脚与地面接触的部位不是很吻合，导致桌子总是摇晃，服务生只好在桌脚下面垫了几张餐巾纸。

戈登觉得这事儿很有意思，于是开始构思一种小装置，用来调整桌腿长度，让桌子平稳。他当场找来一个装燕麦片的纸盒，开始用它比画，直至找到合适的形状和厚度。

后来，戈登改进了他的小装置，并将其命名为"桌子防摇器"。事实上，这个装置很简单，只有8片塑料制成，可根据桌子的摇晃程度进行调整，对桌脚起到固定作用。虽然命名为"桌子防摇器"，但这一装置同样可以用来固定书柜、花架、床铺等一系列器皿和家具。

2005年，戈登兴奋地报名参加英国广播公司（BBC）商业台的创意商机节目。这个节目旨在鼓励创业者展示独特创意，由商业成功人士当评委。获专家好评的创意可以赢得节目提供的资金，将自己的创意投入生产。

当戈登拿着他的装置，向评委们解释这一独特的发明时，评委席上爆发出一阵阵善意的笑声。节目主持人蕾切尔·埃尔诺女士说，这是自己听到的最荒诞的想法，有人甚至戏谑地把这一创意称为世上最可笑的发明。

从节目现场回来，戈登有些沮丧，觉得自己在大庭广众之下被嘲笑是一件很没面子的事。但有一点他深信不疑，那就是这东西的市场一定不小，因为几乎所有家庭和公共场所都有桌椅台柜什么的，而只要有这些东西的地方就一定用得着它。

事实果然不出戈登所料，没有采用任何广告宣传的桌子防摇器，短短一个月内就在网络上获得超百万次的点击率。人们纷纷表示要购买这种小东西，因为这种小东西是他们的家庭所必需的。

渐渐地，戈登的客户越来越多，连英国王室都对这一小发明产生了兴趣，英国考试协会一次就订购了20万个桌子防摇器。两年后，戈登的业务开始向海外拓展，一些大型的家居产品零售商，如宜家、百安居等都向戈登下了订单。有消息称，迄今为止，这一看似让人啼笑皆非的发明已为戈登带来了超过100万美元的利润。

美国福特汽车公司有一句最著名的广告语："每天，和你相信的价值一起前进。"瞅瞅我们周围，就会发现，其实生活里有许多看似荒唐的行为中却存在着巨大的商机，我们所需要做的，就是像戈登那样，哪怕全世界都在嘲笑你，只要自己认定了，就一定执着地坚持下去。

每天，和你相信的价值一起前进，说不定，你人生的第一桶金就出现在这一看似让人啼笑皆非的荒唐行为里。

勇 于 承 担

文|王治国

第二次世界大战末期，美、英、加等反法西斯同盟国集结了近300万人的兵力，于1944年6月至7月在法国北部诺曼底地区进行了世界战争史上规模最大的战略性两栖登陆作战，目的是为盟国军队大规模登陆西欧、开辟欧洲第二战场、配合苏军在东线的进攻和最终击败纳粹德国创造条件。

盟军在诺曼底胜利登陆之后，指挥这场战役的最高统帅艾森豪威尔将军发表了讲话："我们已经胜利登陆，德军被打败，这是大家共同努力的结果，我向大家表示感谢和祝贺！"

可是谁也不知道，在登陆前，除了这份演讲稿外，艾森豪威尔还准备了另一份截然相反的讲话稿，那其实是一篇登陆失败的演讲稿。内容同样简单，与胜利演讲稿相比却发人深省："我很悲伤地宣布，我们登陆失败了。这完全是我个人决策和指挥的失败，我愿意承担全部责任，并向所有的人道歉。"

两篇截然不同的演讲，让我们看到了一个叱咤风云的将军的大将风范。风范的本质并非来源于将军一呼百应的权力，而是他伟大的人格魅力和宽广胸襟。胜利时，他将功劳归功于大家，这是一种谦虚豁达的胸怀；失败时，他却将责任揽在自己身上，这种在失败面前勇于承担责任的胸怀更值得世人敬佩。

艾森豪威尔由于在第二次世界大战中战功赫赫而被晋升为

陆军五星上将。1952年，他参加总统竞选，以压倒多数的优势当选。民众将神圣的一票投给他的原因是，他们认为"只有有责任感的人才能成为擎起世界的人"。

考验一个人灵魂的，并不是他在顺境与成功时说了什么或做了什么，而在于他在困难与失败面前是否敢于战胜虚荣与懦弱，勇敢地承担起责任。生活中，有时候需要勇气承担责任，而不是为自己辩解，人们更愿意宽容一个认错的人，而推诿与狡辩是不会有什么好处的。

在荣誉面前不揽功，在失败面前不推过，这是一种高尚的人生境界。不管是在职场还是在家庭中，当一个人具备这种境界时，他一定是个有责任感的人，同时也是最能赢得人心、让人肃然起敬的人。

原载于《环球人物》

本田公司的营销智慧

文|朱国勇

1959年，本田摩托公司正式进军欧美市场，在欧美各主要城市设立代销点。然而此时，本田公司总裁宗一郎先生做出了一个匪夷所思的规定：凡是具有贵族血统的人购买本田摩托只需付出标准价格，一般民众购买，则要加价三成。

这种新颖的销售方式立即引起了一些贵族后裔的注意，他们觉得有利可图，纷纷购买本田摩托。使用后发现，本田摩托比一直占据欧美市场的哈雷摩托性能更为优越。于是，在贵族圈中，很快刮起了一阵"本田"旋风。同时，一些有钱的普通民众为了购得本田摩托，暗暗委托有贵族血统的亲友代买。买到后，心中沾沾自喜，以为占了大便宜，在同事邻居面前也有了炫耀的资本。

如此过了十多年，欧美各大报刊忽然盯上了本田摩托，它们纷纷抨击本田公司实行的双重价格是人格歧视。一石击起千层浪，欧美各国民众也觉醒了，他们纷纷抗议本田公司的双重价格行为。

对此，本田公司态度强硬，公司表示按什么价格出卖摩托车是公司的自由，买不买则是消费者的自由。

一些人权意识强烈的民众，简直被气疯了，他们纷纷散发传单，组织游行，宣称要把本田摩托赶出国门。一个简单的商业行为越演越烈，逐渐变成了一场声势浩大的人权运动。

　　终于，在美国加州，大批民众把本田公司告上了法庭，要求本田公司停止双重价格行为。本田公司做出了种种努力，却仍然输了官司。法院勒令本田公司立即实行一价制，否则，就将本田摩托驱逐出境。

　　消息一出，群情振奋，大家纷纷等着看本田公司的好戏！

　　1976年5月，本田宗一郎在加州电视台面向全美的电视观众道歉。本田宗一郎诚恳地说：公司出于成本核算考虑，在欧美市场实行双重价格。没想到无意中伤害了欧美民众的感情，我在此特表示真挚的歉意。为了答谢欧美各国民众，公司决定按标准价格的九折销售本田摩托……

　　一时间，欧美许多民众带着报复与胜利的快意，纷纷抢购本田摩托。本田摩托销售一空，本田公司赚了个盆满钵满。

　　原来，1959年时，摩托车还是奢侈品，只有贵族才消费得起。制定双重价格，是为了给贵族们制造一个相对便宜的心理感受。而且，对于冒充贵族后裔来买车的普通人，公司也假装毫不知情。所以，双重价格一点也不影响公司的销售。等到十多年后，摩托车成了大众消费品，欧美群众开始抗议双重价格时，本田公司则故意态度强硬，激化矛盾，利用媒体打了一场有声有色的广告战，让"本田摩托"这个品牌家喻户晓。

　　1979年，本田摩托公司成了世界上最大的摩托车生产与销售公司。

　　"龟兔赛跑"中的兔子是可笑的，但是若从广告学的角度来讲，从扩大知名度的角度来讲，这只兔子却是十分成功的！兔子若是赢了乌龟，哪里还能家喻户晓？

　　商场如战场，较量处处显智慧！

　　　　　　　　　　　　　　　　　　　　　　　原载于《读者》

比尔·盖茨的管理艺术

文|朱国勇

　　位于西雅图的微软公司研发中心，拥有四十多名全球顶级的IT精英。这些精英每年为微软创造了大量的财富。公司也为他们提供十分优厚的福利待遇。为了激发员工的创造力，微软公司给予这些员工充分的自由。在这里工作，兴致来了，你完全可以去打篮球，去健身房，去游泳池，喝咖啡，甚至还有专门的按摩师给你按摩。只要你愿意，你完全可以像在家里一样，惬意极了。如果是特殊人才，还有更多的优待。

　　公司只有一条规定：按时上下班，哪怕是喝咖啡，你也要坐在公司里喝。

　　可是，员工们自由散漫惯了，而且美国人喜欢过夜生活，所以员工们上班老是迟到。部门经理为此伤透了脑筋。

　　为此，部门经理制定了严格的考勤奖惩制度，可是根本没人当回事。迟到了，客气的员工还会朝部门经理耸耸肩笑笑；不客气的员工干脆就若无其事。有一回，部门经理扣了一名叫莱特的软件工程师两百美元的考勤奖。莱特大发雷霆，直接就交了辞呈。事情闹大了，连比尔·盖茨本人都被惊动了。部门经理做得没错，然而莱特又是办公自动化方面公司引进的特殊人才，比尔·盖茨只好亲自调解。最后返还了莱特两百美元，这事才了结。

莱特是留住了，但是迟到现象却更严重了，大有变本加厉之势。

怎么办呢？比尔·盖茨也很伤脑筋，不管不行，硬来，又怕挫伤了员工的创造热情。

有一天，比尔·盖茨在草坪上散步时，无意中看到了公司的停车场。五十个车位上停了四十几辆车。而旁边，一些小公司的员工，因为停车位的不足，一些车子一直停到了远处的马路上。看到这里，比尔·盖茨灵光一闪，一个绝妙的主意产生了。

第二天，比尔·盖茨就让部门经理将公司的停车位卖掉了十个，只剩下四十个停车位。上午十点，就有员工不满地向部门经理反映：没有停车位，车往哪儿停？部门经理抱歉地说：停车位是租的，到期了，业主不愿续租，公司也没办法。

一个星期后，奇怪的现象发生了：研发中心的四十多名员工再也没有迟到的了。因为一旦迟到就意味着要把车停到马路上。如果迟到得厉害了，就连附近的马路也没处停。

从此，微软研发中心再也没有人迟到了。

这就叫管理，充满艺术的管理！头痛医头，脚痛医脚，往往收效甚微，而横向思维，另辟蹊径往往能起到意想不到的效果。

原载于《读者》

被选中的器皿

文|尹玉生

一位大师正在寻找一个可供使用的器皿。架子上有各式各样的器皿，哪一个会被大师选中呢？

"用我吧，"一个金质器皿喊叫道，"我有金灿灿的外表，我最值钱，我只做正确的事情。我美丽的光泽和昂贵的质地令所有其他的器皿都自惭形秽。大师，相信我，金质器皿是最适合你的身份的。"大师一个字也没有说，继续前行。他将目光停在一个银鼎上，这个银鼎很细、很高。

"我非常乐意为您服务，亲爱的大师。我可以为您装盛美酒，无论您在哪里用餐，我都会陪伴在您的桌旁，我的线条是如此优美，我的雕刻是如此生动，我全身的银都会一直恭维赞美您的。"银鼎只顾自说自话，没有注意到大师已经移步到一个玻璃制品面前了。

这件玻璃器皿，嘴大腹浅，外表光亮透明。"来！来！来！我知道你会选择我的，将我放在你的桌子上，让所有的人都来欣赏吧。好好看看我，他们都说我像水晶酒杯一样清澈，我的透明性使我腹中所有的东西都一目了然。尽管我是一件易碎品，但我确信我会让你满意和快乐的。"

大师又来到一个木制品面前，它外表平滑，还有精美的雕刻，稳稳地站立在架子上。"你可以选择我，但是我希望你用我来装盛水果，千万不能装盛面包什么的。"

　　大师向架子的下方望了一眼，看到了一件陶制品。外表一点也不引人注目，还有一道裂纹，自觉无望地躺在那里。大师最终选择了这件最没有希望的陶制品。"哈！这正是我要找的器皿。我只需将它清洗干净，修补一下它的裂纹，它就会完全为我所用。我不需要一件太自傲、太自以为了不起的器皿。我不需要一件心胸狭窄只会甜言奉承的器皿。我不需要一件长着一张大嘴、肚子里什么也藏不住的器皿。我也不需要一件对我指手画脚、提出过分要求的器皿。这件普普通通却足以满足我的用途的陶制品才是我真正所需要的。"

　　其实，大师选择器皿的标准，正是职场挑选员工和人才的标准。

原载于《意林》

慈善开启商机之门

文|路勇

慈善就是慈善，如果慈善跟商机牵扯到一起，肯定会有人嗤之以鼻。可是，台湾女明星宋新妮在一次经她自己发起的慈善活动后，出乎意料地给自己打开了一道闪亮的商机之门。

提到宋新妮，她的名气自然无法跟萧亚轩、陈乔恩或小S相比。闽南语里"咖"是角色的意思，如果萧亚轩、陈乔恩或小S是台湾娱乐圈A咖的话，宋新妮便是仅次于A咖的B咖。宋新妮出过音乐专辑、拍摄过影视作品，也担任过节目主持人。虽然宋新妮没有大红大紫，但是由于她出镜高、通告多，又会扮丑、搞怪，不会像A咖有偶像包袱，所以被娱乐圈公认为"B咖天后"。宋新妮常常对朋友们说："虽然我的钱赚得没有A咖多，但是我拥有的是满满的快乐。"

2008年，宋新妮参加了一个公益慈善活动。在义卖现场，宋新妮号召自己的明星朋友捐出个人的二手衣物，拍卖所得捐献给看不起病的弱势群体。包括林俊杰、阮经天、伊能静、陈乔恩等众多明星都捐出自己的二手衣物，配合宋新妮参加这次慈善活动。"取之于社会，就要回馈社会，身为艺人更应该要多发挥我们的公众力量。"宋新妮是这样说的，而拍卖二手衣物确实也获得了较好的效益，为慈善活动画上了完美的句号。

不过，这次义卖明星二手衣物的活动结束，明星送来的二手衣物并没卖完。当宋新妮要求明星朋友们取回时，怕麻烦的明星们纷纷表现"不想要了"，这让宋新妮不知所措，深感头痛。其中，伊能静还说："我家里还有七大包只穿过或用过一两次的二手衣物，堆在家里既占位置又不能发挥作用。如果你建立一个销售平台，我愿意全部拿来给你卖。"吩咐助理将这些明星的二手衣物转运回家的同时，宋新妮开始认真考虑伊能静的建议。

　　很快，宋新妮的明星用品专卖网店开通了，慈善活动中剩下的明星二手衣物被摆上了网，她公开承诺这批二手衣物获利将悉数捐出。宋新妮开网店的消息一传十、十传百，粉丝们纷纷涌入这个网店，不仅期望能够淘到自己喜欢的明星穿过或用过的衣物，更希望追随明星捕捉到最新的时尚风潮。很快，令宋新妮头痛的明星二手衣物一售而空，但是粉丝们的热情却没有消散。

　　于是，宋新妮给伊能静打电话："伊姐，你那七大包二手衣物我全要了。如果成功售出，我会抽取30％的佣金，你认为如何？"伊能静笑着说："你说怎样就怎样，变废为宝，其实是一件快乐的事情。"接着，宋新妮利用自己在娱乐圈的人脉，不仅继续向林俊杰、阮经天、伊能静、陈乔恩等A咖明星淘二手衣物，还将搜索的范围扩大到了阵容更强大的B咖明星身上，比如林智贤和郭世伦等。由于台湾娱乐节目众多，B咖明星同时也是通告达人，受到粉丝的关注也不少。不久，一件奇妙的事情发生了，林智贤意外地打败林俊杰、阮经天，成为宋新妮网店二手衣物最好卖的明星。

　　后来，宋新妮出售明星二手衣物的生意越过海峡线，正式登录淘宝网面向大陆的粉丝们。粉丝们不仅可以在淘宝网网店采购喜欢的明星二手衣物，还可以点菜般让宋新妮寻找你所需要的明星的二手衣物。

　　可以这样说，宋新妮在台湾娱乐圈确实拥有一定知名度，但是B咖天后的地位不足以让她有较好的收入，她反倒很艳羡那些A咖明星。而随着打开销售明星二手衣物这道商机之门，宋新妮无疑为自己的未来铺了一条金光大道。或许有人说，靠山吃山靠水吃水，而宋新妮是靠着娱乐圈这棵大树，才得以开展销售明星二手衣物的生意的。然而，从一次成功的慈善中，发现商机并抓住商机，其实是需要眼光和勇气的。

生活往往就是这样，抓住机遇的意识强一点点，我们便会离成功很近很近。

原载于《慈善》

达尔文妙劝爱子

文|朱国勇

1862年9月的一天，在美丽安宁的伦敦市郊，一个叫威廉的年轻人神情沮丧地走在一条乡间小路上。他的目的地是肯特郡当村。他的父亲——大名鼎鼎的生物学家达尔文就住在这里。他是达尔文的长子，在他最无助的时候，他想听听父亲的建议。

威廉刚刚大学毕业，在一家银行做一名普通职员。威廉干练好学，业务做得顺风顺水，但是复杂的人际关系却让威廉十分苦恼。公司里的那帮家伙，为了奖金，为了升职，甚至为一个眼神、一句无意的话语，都要钩心斗角相互攻击。当面亲切友好，背后疯狂撕咬，成了公司最真实的写照。

威廉是个单纯的孩子，他不想参与。然而，身处其中，想要独善其身是不可能的。渐渐地，威廉受到的中伤诋毁与打击越来越多。威廉觉得自己越来越不能忍受了，他简直快要崩溃了！他不明白，自己什么地方做错了，会招来那么多人的嫉妒与打压。

在白色石砌的三层楼房里，威廉无助地看着父亲："我到底哪里做错了，我该怎么办？"

达尔文温和地笑了。他拍拍威廉的肩，又递给威廉一杯香槟："安静一下，孩子，没什么大不了的。"

等威廉气愤的心情稍微平息了一下，达尔文宽厚地说："孩子，这两天我研究生物时，发现了一个奇怪的现象，我说给你听听，好吗？"

威廉露出明显的失望的表情：看来父亲只沉醉于自己的研究，对他并不关心。

达尔文并不理会威廉的表情，自顾自地说："你知道一只寄生在椿树身上的大青虫，有多少天敌吗？"

"应该有很多吧。"威廉心不在焉地回答道。

"是的，孩子，你真聪明！它的天敌可多了！至少有四百种鸟类，两百种昆虫都是它的天敌。它们每天都要小心翼翼地躲避着各种各样的伤害，因为任何一个天敌都会轻易要了它的命。"达尔文顿了顿又说，"可是，你知道一只兔子有多少天敌吗？"

"不知道。"

"让我来告诉你吧，我的孩子。兔子主要有三十七种天敌，主要包括鹰、猎狗、狼等食肉动物。"达尔文眨着圆溜溜的小眼睛又问，"你知道豹子有多少天敌吗？"

威廉把那杯香槟一饮而尽，抬起头来盯着父亲气嘟嘟地说："父亲，我对你的研究真的不感兴趣。"

达尔文随手给威廉又斟了一杯香槟，笑容里似乎透着深意："豹子几乎没有天敌，就算是狮子、老虎这样的大型食肉动物，轻易也不会去招惹豹子。至于老虎，就更加没有天敌了。它们的生活是最惬意的，谁会愚蠢到去招惹一只老虎呢？"

"孩子，我知道你对我的研究不感兴趣。但我只想借此告诉你，越是弱小的生物，它们的天敌就越多，受到的伤害也就越多。你在公司里受到了种种打击，不是因为你什么地方做得不对，而是因为你的弱小。你现在就像椿树上的那只青虫，你有七百多种天敌，它们中的任何一个，都可以轻易伤害到你。有些伤害是躲不过的，摆脱它的唯一方法就是让自己强大起来，做一只丛林里的豹子。"

　　听着听着，威廉忽然心中一动，胸中开朗起来。他抬起头来，父亲正看着他睿智地微笑着，圆溜溜的眼睛里闪动着异常明亮的光。

　　从此以后，威廉更加勤奋地工作起来。十六年后，他成了总裁，成了远近闻名的银行家。职场中的倾轧与中伤，终于远远地离他而去。他成了丛林社会中一只名副其实的豹子，谁还愿轻易去招惹他呢？

原载于《读者》

伏尔泰的天真与深邃

文|查一路

伏尔泰无疑是深邃的。一本《哲学通信》，将军事、政治、经济和文化诸多内容娓娓道来，赢得了整个法国的敬重。这位思想启蒙的泰斗，当他在1778年2月10日，以84岁的高龄回到阔别29年的巴黎时，群众对他欢呼致敬，远远超过对帝王形式上的礼遇。法国大革命中，资产阶级革命党出于敬意，于1791年两次发表公告，决定把他迁葬在巴黎先贤祠，并补行国葬。

然而1725年末的一天，他却为自己犯下的"错误"付出了代价。春风得意、终日沉湎于巴黎上流社会的伏尔泰在剧场以傲慢的口吻，回复了门第显赫的贵族德·罗昂骑士的侮辱与挑战。伏尔泰天真地以为，仅凭口舌之劳让对方瞠目结舌就维护了自己的尊严。

但几天之后，他却被罗昂的仆人当街杖责，而罗昂则坐在马车上哈哈大笑，使伏尔泰蒙受奇耻。不甘就此受辱的伏尔泰想要通过报告警察总监和上诉法庭来伸张正义，却遭拒绝。于是他刻苦习剑，本以为可以公平对决，决斗雪耻，不曾想罗昂却恶人先告状。结果伏尔泰反于1726年3月末被当局以"暴烈行为威胁国家安全罪"投入巴士底狱。虽然此前也曾有过写讽刺诗被流放和投入巴士底狱的经历，但这次的"二进宫"，让出狱后的伏尔泰从此开始了长达几十年的流亡生活。

在杯弓蛇影、颠沛流离的境况之下，他被路易十五称为"疯子"，而普鲁士国王则把他看成挤干了汁的橘子皮。伏尔泰写过一个短篇小说篇名叫《老实人》，事实上，尽管这位法兰西思想界的泰斗声名显赫，却有着"老实人"的单纯与天真。他不知道知识的力量到底有多大，一直到那场鸡蛋碰石头的游戏结束。道德激情、善良意志和知识智慧只是虚无的精神光环，而政治则是强大的世俗权力，二者相悖，一个名不见经传的贵族便可将思想巨擘轻松拿下。将政治视为权术泥沼的人实际上对政治的理解太过简单，接踵而来的自然是遭遇政治的伤害。

陈寅恪有言"自由共道文人笔，最是文人不自由"。所谓不自由，何曾不是知识运用所需要的自由空间太大，而现实空间是有限的，由反差而生"局促感"。清朝的纪晓岚，备受生前"恩宠"和死后"哀荣"。据《清鉴》所载，乾隆皇帝一再南巡，民间怨声载道，纪晓岚一时间犯了天真，斗胆建言："从容为帝言：东南财力竭矣，上当思所以救济之。"不料惹得乾隆龙心震怒，叱之曰："朕以汝文学尚优，故使领《四库》书馆，实不过倡优蓄之，汝何敢妄谈国事！"幸亏纪晓岚与汉朝的东方朔一脉相承，都深谙生存的智慧与技巧，少些硬气与风骨。否则，一句刻毒阴损的"倡优蓄之"，足可以让他汗出如浆，羞愤而自杀。

在乾隆皇帝看来，知识与政治是两套系统之下的两种不同的话语方式，知识行使的是插科打诨、逗闷解乐的娱乐功能，以及润色鸿业、点缀升平的美化功能。

时至当今，知识的价值和作用也还是更多地停留在技术领域。柏拉图在《理想国》曾阐明了这样的观点，正义的国家需要体现智慧的哲学家用知识来统治，正义完美的国家需要智慧理性的统领。"使政治权力与聪明才智合而为一，否则的话，对国家甚至我想对全人类都将祸害无穷，永无宁日。"柏拉图还认为，善出于知，恶出于无知。其实，伏尔泰的"天真"正是出于"知"，而罗昂骑士之"恶"是出于无知。"知"与"无知"谁占上风，正是测量一种制度正义与完美的标尺。

原载于《中国青年》

不要等别人推你出去

文|姜钦峰

听侯勇讲从艺经历，就像是一个老套的故事。有一年，江苏省戏剧学校去连云港招生，侯勇陪着好友去参加选拔考试。为了给朋友打探虚实，他先报了名，没想到一发不可收拾，朋友落榜，他考上了。

接到录取通知书，他并不打算去报到。原因很简单，他当时在肉联厂工作，二十刚出头就干到了车间副主任的位置，工作稳定收入丰厚，每月能赚好几百元钱。在20世纪80年代中期，这是人人羡慕的铁饭碗。如果去读书，就意味着要放弃现在的工作，一切都要从头再来，前途未卜，他下不了决心。没想到，随后发生的一个小小的意外，立即让他改变了想法。

有一天上夜班，半夜两点的班，侯勇上半夜跟朋友们玩得起劲，没顾上休息，刚上班眼皮就撑不住了，于是悄悄溜到休息室去睡觉。他的运气有点差，刚睡没多久，就被副厂长逮了个正着。上班时间竟然偷懒睡觉，这还得了，领导当然要管，狠狠地训了他一顿。侯勇有错在先，副厂长批评他几句，语气重了点也正常，可他那时年轻气盛，也不懂事，心里很不服气，竟跟领导当面顶了起来。副厂长更加暴跳如雷，指着他的鼻子大吼道："你要是不想干了，马上滚蛋！"

这话要是对别人说，也就是一句气话，没人会当真。哪知侯勇等的就是这句话！"滚就滚！"此处不留爷，自有留爷处。副厂长并不知道，侯勇跟他顶嘴的时候，口袋里正揣着一张录取通知书，本来一直犹豫不决，现在被他这么一激，顿时斗志昂扬，当机立断。正是从那一刻起，侯勇才真正下定决心，离开肉联厂，去戏校读书。

侯勇从学校毕业后，在话剧团跑了几年龙套，后来渐入佳境。似乎有点不可思议，他人生中最重要的一次选择，居然是在阴差阳错中决定的！世事难料，现在回头再看，既有些滑稽，又充满了幸运。

谈起往事，侯勇对那位副厂长充满了感激，如果不是他当年无意中推了自己一把，恐怕前途难料。不妨想象一下，假如当年他上班不开小差，又或者领导脾气很好，不叫他"滚"，结果会如何呢？原来那家肉联厂早已倒闭，现在他要么下岗，要么还在大街上卖猪肉。

类似的经历，我们也会遇到，但不是每个人都有侯勇那么走运。有时，我们想做一件事，明明知道是正确的，事到临头，往往又患得患失，下不了决心。就像跳伞，谁都知道跳下去没事，然而每个人第一次跳伞，几乎都是被教练推下去的。可是生活中没有教练，没有人会从背后推你一把，你只能靠自己，勇敢地跳出去。

因为你知道，脚下不是深渊，而是广阔的蓝天。

原载于《意林》

亨德利的球杆

文|姜钦峰

　　2008年3月，在斯诺克中国公开赛第二天的比赛中，亨德利不敌对手霍金斯，首轮即遭淘汰，继头一年的中国公开赛后，他连续第二次首轮折戟。这位昔日的"台球皇帝"神情落寞，黯然出局。亨德利近年来战绩不佳，已很难找回当年的巅峰状态，这一切似乎都在预示着，一个时代即将离我们远去。

　　7次世锦赛冠军，36次排名赛冠军，连续八年世界排名第一，正式比赛中超过700次单杆破百，8次单杆147分！一连串耀眼的光环，前无古人的战绩，足以令后来者仰望。亨德利以优雅的姿态征服了全世界，王者地位长久无人能撼动，"台球皇帝"实至名归。可是谁能料到，若干年后，把"台球皇帝"拉下马的，竟是一支小小的球杆。

　　亨德利出生在英国苏格兰的爱丁堡市，在他12岁那年的圣诞节，父亲送给了他一件圣诞礼物——一支斯诺克球杆。从此，他与斯诺克结下不解之缘，两年后获得全国青少年锦标赛冠军，随后转入职业球坛。1990年，年仅21岁的亨德利闯入世锦赛总决赛，与自己的偶像吉米·怀特相遇。这位苏格兰的英俊少年，以冷峻的球风，熄灭了吉米·怀特烈火般的攻势，斯诺克历史上最年轻的世锦赛冠军横空出世，"台球皇帝"的时代也由此到来。

　　恐怕没有人会想到，当亨德利君临天下，席卷世界球坛时，手中的利器，仍是父亲当年送给他的圣诞礼物——那支仅40英镑的廉价球杆！20年来，从他接触斯诺克的那一天起，从未换过球杆。这支球杆成了他最忠诚的事业伙伴，不离左右，跟随他南征北战，立下了汗马功劳。那时，正如日中天的亨德利或许未曾想过，假如有一天，失去了这个最亲密的伙伴，将对自己意味着什么。

2003年，亨德利在泰国参加比赛，从曼谷回国的途中，这支珍贵的球杆意外折断了。他只能懊丧地面对现实，另找"搭档"。新球杆虽然价值不菲，做工精良，可是手感完全不同了，他不得不想尽办法，花了很长时间去重新适应，甚至被迫改变原来的打法。遗憾的是，在以后的大赛中，亨德利再也无法找回当年的巅峰状态。

正是这支球杆，将他领进了斯诺克的世界，陪他走过了最辉煌的职业生涯；又是因为这支球杆的离去，直接导致了他运动生涯的转折。成也萧何，败也萧何。屡尝败绩，亨德利满脸无奈，沮丧地说："当我发现球杆折断的瞬间，我就知道，我的事业结束了！"

假如你也拥有这样一支"球杆"，千万珍惜。

原载于《意林》

半夜一点钟的感动

文｜冯有才

她都五十多岁了，还从事报纸一线编辑工作。

与她一同进报社的，好多都做了副处正处干部，混得最差的，也做了部门主任。我想，这与她暴躁的性格有关吧。我记得刚到单位上班的第一天，因为工作上的一点小小失误，她就冲着我发了一顿脾气。

可是很奇怪，报社上自总编辑社长，下至制版校对，没有一个人不尊重她。我想，这可能与她的年龄有关系吧，毕竟她都是这么一大把年纪的人了。

春节前的一天，单位要加班，主要是排版部的几个小姑娘提前制排春节期间的报纸，陪同加班的，还有她。那天，因为要赶一篇稿子，所以我也回去得很晚。她说：我家路近得很，在家里睡觉上半夜也经常失眠，不如和你们一起说说话吧。这样，大家忙到了深夜。

出报社门的时候，已经近半夜一点钟了。

她在路边拦了一辆出租车，盯了司机脸半天，让司机走了。

司机看了她一眼，骂了声：你有毛病啊！

她没理司机，然后接着拦了辆出租车，再看了看司机，然后让几个小姑娘陆续地上了车。

车刚发动，她就从包里掏出了新闻采访本，在上面记着什么。

借着路灯，我靠近一看，只见她在本子上记了一个号码。我不解，她笑道："现在治安不大好，我在记刚才那辆出租车的车牌号码哩。"

"那刚才呢？·"

"刚才我看到前一辆车司机的手腕上有文身，让这几个文弱小姑娘坐上去，我不放心。就等下一辆出租车了。"说到这，她严肃起来了。

听完这话，我的心一震。那一刻，我感觉是自己上班两个月以来收获最大的时刻；那一刻，我也终于明白为什么大家会如此尊重她。

别人尊重你、景仰你，更多的是你先一步对别人的尊重、景仰和关心。爱是对等的，尊重和景仰也是相依相连的。别以为上天会莫名地给你个光环，让别人尊重你、景仰你、爱戴你，那是很不现实的。即使有光环，那也不会是上天给的，那是靠自己的点滴努力和时时关心他人积攒的。要想自己的身上永久闪耀光环，请记住：尊重他人，便是善待自己。

原载于《钱江晚报》

洛克菲勒的备注

文|尹玉生

　　多年前，标准石油公司的高级主管克里斯蒂做出了一个错误决定，这个决定给公司造成了超过200万美元的重大损失，这是公司成立以来从未有过的。而此时，大老板洛克菲勒仍然亲自管理着公司。当蒙受巨大损失的消息泄露出去后，公司的高层领导们个个惴惴不安，千方百计寻找各种各样的借口以避免和洛克菲勒见面，免得他将那难以压抑的怒气撒在自己的头上。大家都觉得，克里斯蒂卷铺盖滚蛋在所难免，而自己作为高管层的一员，注定要受到牵连。

　　只有一位高管例外，他就是公司元老、洛克菲勒的好友爱德华·贝德福德。按照日程安排，他和洛克菲勒下午就有个约见，尽管他可以找出数条冠冕堂皇的理由推迟和取消这次约见，但他还是做好了聆听洛克菲勒冗长而不讲情面的训斥的准备。

　　当爱德华走进公司最具实权的洛克菲勒的办公室，他看到，洛克菲勒正俯身在办公桌上，用铅笔在几张纸上匆匆地写着什么。爱德华不敢打扰他，只好静静地站在那里。几分钟后，洛克菲勒才抬起头来。

　　"哦，亲爱的爱德华，你来了。"洛克菲勒语气平和地打着招呼，"我估计你已经听说了我们公司蒙受巨大损失这件事情了吧？"

"真够直接的，看来先替克里斯蒂挨顿臭骂是难免的了。"爱德华心中暗想道。作为洛克菲勒的下属和多年至交，一直以来，爱德华将全部身心都扑在了公司的发展上，从未出现过任何大的过失，洛克菲勒对他也一直赏识有加，因此他也从未见过洛克菲勒大发脾气、雷霆大怒的样子。此时此刻，他只能硬着头皮坦率地承认道："是的，我已经知道了，224万美元打了水漂。"说这句话时，他已经设想了下一幕：刚刚还心平气和的洛克菲勒，突然脸色一变，猛地拍了一下桌子，继而就是狂风暴雨般的一阵咆哮。

"我反复考虑了很长时间，"出乎意料的是，洛克菲勒依然很平静，语气仍然很柔和，"怎样才能压抑住我愤怒的心情？现在，我已经找到了有效的方法。那就是，在我和克里斯蒂讨论这件事情之前，我需要先做一些备注。你帮我看一下，有没有什么要补充的？"

爱德华接过这几张纸片，只见开头醒目地写道：克里斯蒂的可取之处。然后下面草草地、密密麻麻地列举了克里斯蒂众多的长处和业绩，包括克里斯蒂在三次不同的情况下做出了正确决定，为公司带来巨额利润；为了收购一家油田，克里斯蒂数月都没有回家；爱清洁、穿着讲究的克里斯蒂去了一家煤矿，从头到脚被弄了一身黑……

"我想，这些备注，应该可以帮助我平息怒气，让我能够冷静、客观、公正地处理这件事情。"洛克菲勒向爱德华进一步解释道。

许多年后，爱德华在自己的书中写道："我永远都不会忘记这件事。在此后的日子里，无论我多么迫切地欲将某一个人撕成碎片，我都强迫自己先坐下来，认真思考一番，尽我所能地为那个让我咬牙切齿的人列出一份长长的'好处'清单。我已经记不清楚，因为这个习惯，让我免犯了多少错误，额外得到了多少朋友，赢得了多少人心。这一切，让我必须发自肺腑地向我的老上司、老朋友洛克菲勒先生道一声：谢谢！正是从他那里，我学会了怎样客观公正地看待一个人的过失和成就、缺点和优点、短处和长处，更学会了如何掌控自己的情绪和心情。"

原载于《讽刺与幽默》

天有多高，心有多宽

文｜王治国

那时候，他是一家航空公司的老总。这天，他乘坐公司航班出差。这时，广播里传出了乘务员甜美的声音："各位旅客，因空中管制，本次航班大约会延误20分钟，给您造成的不便，我们深表歉意……"

老总知道，航班因空中管制而延误是正常的事情。广播完毕，乘务员返回机舱，坐在老总身旁的一名旅客，却勃然大怒，开始对乘务员大骂："你们公司的领导见了上级就像一条狗！你们的航班要想正点，除非领导全死了！"

乘务员知道，他身旁端坐着的正是公司老总。面对乘客粗暴无礼的辱骂，委屈、难堪和无奈化作泪水一齐涌出乘务员的眼眶。乘务员含泪看看盛怒的乘客，再看看近在咫尺的老总，不知如何是好。

老总示意乘务员不要透露自己的身份。然后，拍着那位旅客的手，和颜悦色地说："先生您不知道，她公司的领导见了普通旅客才像狗一样，骂了都不回声呢。"那名旅客自感言行失当，便就坡下驴说："哦，是吗？"然后不再骂骂咧咧，但他始终不知道，旁边的这位乘客正是被自己恶语辱骂的公司老总。

飞机平稳落地，等所有乘客都走下飞机后，乘务员含泪向老总道歉，说她们的工作没做好，让领导受委屈了。

老总却说："你们处理得很好，干航空公司就要受得了委屈，我能受委屈，你们也要受得了委屈。"

这位老总就是时任中国国际航空公司总裁的李家祥先生。在他的领导下，国航在短短几年时间里，便从巨额亏损的境地迅速成长为全球市值最大的上市航空公司，业绩辉煌。

无疑，他是一位成功者。古人说，小胜凭智，大胜靠德。在别人的辱骂面前，他一笑而过；在乘务员的歉疚面前，他如此推心置腹。这件小事让我们看到了他豁达的胸怀和高尚的德行。

天空有多高远，人的胸怀就能有多宽广，关键是当有人谤你、欺你、辱你、损你、骗你、骂你时，你能否忍他、耐他、由他、敬他、不去理他，再过些年，你且看他！

原载于《演讲与口才》

韦恩的选择

文|陈全忠

有人在微博上发起一个话题：如果请你选出20世纪投资眼光最差的人，你会选择谁？

一帮投资人议论纷纷，然后韦恩就被推举了出来。韦恩是谁？他曾是美国苹果公司的三名联合创始人之一。1976年4月1日那个愚人节，他和乔布斯、沃兹尼亚克一起见证了苹果公司的诞生。韦恩设计了苹果公司最初的标志，他为苹果写操作手册，起草了这个羽翼初展的公司的合伙协议。

这个协议给予韦恩苹果公司10%的股份，然而一个月后，由于手头经济的困难，或者是因为某种担忧，韦恩选择了退出，以800美元的价格将自己的苹果公司股份全部卖给了另外两名创始人，接着他就彻底离开了苹果公司。

韦恩当时显然做出了一个错误的决定，因为1977年，苹果公司的销售额就达到了17.4万美元。由于年龄关系，乔布斯当时一直将韦恩视成某种"父亲般的角色"，因此，两年后他再次向韦恩伸出橄榄枝，邀请韦恩加入苹果公司，但韦恩却拒绝了乔布斯的请求。韦恩的选择让他失去了最后的机会。到1980年，苹果公司销售额就达到了1.17亿美元。36年后，苹果公司的市值已经达到了惊人的3500亿美元，如果韦恩持股到现在，那么他将一跃而成为美国最富有的"超级富豪"之一。

　　在投资者看来，如果当年韦恩没走，没撤走股份，现在他可能有350亿美元的身价，跻身世界富豪之列，也应该记录在100名世界名人影响录里面。而他现在什么都不是。提起这个名字，很多人都不知道他是谁。这，难道不能说明他眼光之差吗？

　　因此，在这个话题的流传中，韦恩成为负面的典型，被贴上"创业无信仰""半途而废的逃兵"等标签。有人甚至把自己想象成韦恩——"那个世上最后悔的人"。

　　实际上，不用假想，在大西洋的彼岸，记者就找到了77岁的韦恩，问他对当年的选择后不后悔。韦恩仍然坚称，他当初离开苹果公司是一个正确的决定。韦恩称，苹果的另外两名创始人乔布斯和沃兹尼亚克都是像旋风一样的工作狂。如果他当年继续留在苹果公司工作，巨大的工作强度可能会令他没命活到现在："如果我当年仍然和他们一起工作，那么我现在可能会成为坟墓中最富有的人。"

　　对于同一个机会，大部分人可能会选择为名利奋力拼搏，但也有如韦恩者，更愿意选择悠长而平淡的一生。其实，这种选择没有眼光高低和优劣之分，只有适不适合。所谓最好的选择，是最适合自己的选择。

原载于《知识窗》

意 志 力

文 | 尹玉生

　　蟾蜍烤好了一些饼干。"这饼干闻起来真香啊，"蟾蜍自语道，它拿起一块塞进嘴里，"吃起来更香。"

　　蟾蜍来到青蛙家，"青蛙，青蛙，"蟾蜍叫道，"快来尝尝我烤的饼干。"

　　青蛙拿起一块饼干尝了尝："这是我吃过的所有饼干中，最好吃的一块！"青蛙咂着嘴称赞道。

　　青蛙和蟾蜍吃了一块又一块，一会儿吃下去了很多饼干。"你知道，蟾蜍，"青蛙含着满满一嘴的饼干说道，"我们该停下来了，否则，我们会撑病的。"

　　"你说得对，"蟾蜍说道，"让我们吃下最后一块饼干，然后我们就别再吃了。"青蛙和蟾蜍吃完了它们的最后一块饼干，碗中还剩下了很多饼干。

　　"青蛙，"蟾蜍说，"我们再吃最后一块，然后坚决不再吃了。"青蛙和蟾蜍又各自吃了一块。

　　"我们必须得停下来了！"蟾蜍边吃着另外一块饼干，边喊道。

　　"对，"青蛙响应道，伸手又拿起一块饼干，"看来，我们需要用意志力来控制我们的欲望。"

　　"什么是意志力？"蟾蜍问道。

"意志力就是竭力不去做你特别想做的事情。"青蛙解释道。

"你的意思我明白，就像我们竭力不去吃这些饼干一样。"蟾蜍答道。

"就是这个意思，"青蛙一边说着，一边咽下口水，将饼干放进了盒子里，"喏，我们吃不到饼干了。"

"但是，我们可以打开这个盒子啊。"蟾蜍说。

"那倒也是，"青蛙想了想，拿出一根细绳将盒子紧紧捆了起来，"喏，这下我们吃不到了吧？"

"但是我们可以剪断绳子，再将盒子打开啊。"蟾蜍说道。

"有道理，"青蛙又想出一个主意，它搬来一个梯子，将盒子放在高高的架子上，"喏，"青蛙如释重负地松了一口气，"现在我俩终于吃不成了吧？"

"但是，我们可以爬上梯子，从架子上取下盒子，剪断绳子，打开它啊。"蟾蜍说。

"你说得对。"青蛙爬上梯子，从架子上取下盒子，剪断绳子，将盒子打开。青蛙将盒子拿到屋子外面，大声喊道："嗨！鸟儿们，这里有很多美味的饼干，快来吃吧。"鸟儿们从四面八方飞了过来，一会就将盒子里的饼干吃得干干净净，然后一飞而散。

"现在，我们真的再也没有饼干可吃了，"蟾蜍悲伤地说道，"这些可恶的鸟儿们连一块都没有给我们剩下。"

"是的，"青蛙说道，"虽然我们吃不到饼干了，但我俩却因此拥有了强大的意志力。"

"也许你拥有了强大的意志力，"蟾蜍说，"但是，我要回家再烤一些饼干！"

"那好吧，"青蛙无奈地回答道："我跟你一起去烤。"

原载于《环球时报》

第五章

拥有一颗原生态的心

拥有一颗原生态的心，殊为不易。因为从某种意义上说，人就像一个脆弱的、孤立的蛋。但如果想追寻做人的完整意义，就必须保有一颗原生态的心。

拥有一颗原生态的心

文|查一路

去表哥的养鸡场，看表哥养鸡。

鸡比人精神。满面红光，圆睁的双目，连眨都不眨一下，时刻保持着高度警惕。表哥给鸡撒饲料，见我兴致蛮高的，招呼我来试试。

我在撒饲料时，有了发现。饲料被染得红红的，拌上了一种红色的颜料。干吗？给鸡美容？

表哥笑着摇头否认，说这样可以让蛋黄的颜色变成红色，营养成分不变，但红色的蛋黄招人喜欢，这种鸡蛋到市场好卖，且能卖个好价钱。

可叹，鸡如此警惕，最终还是被人上下其手，在蛋上做了手脚。做鸡本来就悲哀，被囚在圈中，供人宰杀。奉献肉体前，还在不断地奉献鸡蛋。现在连痛痛快快地下个蛋的自由都被剥夺。蛋黄的颜色，竟由人来主宰。人类对禽类的事务未免也插手太多了。

作为一只被鸡下下来的蛋，它应该有属于自己形状和颜色，自然地拥有先天的禀赋，这是造物主赋予的权利，也是自然天性的组成部分。连蛋黄的颜色都由不得自己，这蛋还叫什么蛋？脆弱的蛋、孤立的蛋，还不能争抗。不然，其结果不外有二：其一，鸡飞蛋打；其二，以卵击石。

　　由此想到做人，为了适应这个社会，身处底层为生活奔命的人，不得不时时处处改变自己，以求被群体接纳。一个在单位工作十几二十年的人，回想自己当初到这个单位的情形，恍如隔世，觉得那个自己简直不是自己。那个正直、善良、朝气蓬勃、疾恶如仇、敢说敢做的小伙子，无论如何，在今天这个自私、圆滑、琐碎卑微、精明世故、虚如委蛇的人的身上找不到影子。社会的颜料已经改变了他原本的颜色。

　　思维是人的核心，相当于鸡蛋的蛋黄。《一封致加西亚的信》曾在社会受到普遍欢迎。其实，这本书的目的，就是要由内而外彻底改变一个人，从心灵开始改变颜色，进而把人异化为只会执行命令的机器。"洗脑""改变人的思维"这些词，被社会堂而皇之地推崇，为追逐"效益"和"利润"，那些处于底层的、被管理的人们，何曾能坚守自己的个性、把握自己的命运？

　　当一切都纳入技术的视野，海德格尔曾担忧，技术时代，人如何做人？因为世界的核心首先改变了颜色。当人们在莱茵河上建造发电站时，海德格尔忧心忡忡，因为如此一来，莱茵河就成了发电站的一个部分。莱茵河的自然意义被部分消解。在现代技术的演进和社会的嬗变过程中，人的个性差别与原本意义也将日见式微、步步消解。

　　对此，周国平先生论道，人和自然两方面都丧失了自身的本质，如同里尔克在一封信中所说的，事物成了"虚假的事物"，人的生活只剩下了"生活的假象"。一个人，如何能做到不改初衷？在诱惑中、在碰壁时、在趋利思维里、在精明的盘算中，原初的颜色不知不觉，已一点点更改。

　　拥有一颗原生态的心，殊为不易。因为，从某种意义上说，人就像一个脆弱的、孤立的蛋。但如果想追寻做人的完整意义，就必须保有一颗原生态的心。我们要捍卫我们的"蛋黄"的原色，必须时时拒绝世俗的社会用功利的颜料，对我们进行实用主义的涂鸦。

原载于《风流一代》

守 住 自 我

文|沈岳明

　　有位年轻人因为有一套编程序的绝活，被一家单位聘为程序员。几年间，因为给公司带来了不少经济效益，他的待遇也节节攀升，日子过得红红火火、有滋有味。在同行中声名鹊起，被认为是业内最有前途的程序员。

　　由于是公司的功臣，跟他套近乎的人也不少。有一天，公司经理拍着他的肩膀说："小伙子，你挺有出息的，有时间去我家吃饭啊！"突然得到经理的特别关照，年轻人受宠若惊。在那天的饭桌上，年轻人才知道，经理请了他在商场上的几个朋友，而年轻人的到来，似乎给了经理很大的面子，因为经理一个劲地向他们介绍，这可是我们公司的大功臣哩。事后，经理给年轻人解决了一套三居室的住房，年轻人更是感恩不已。以后，凡是经理家有客人，年轻人一请便到。

　　渐渐地，经理不止邀请他去家里吃饭，还请他去钓鱼，去打保龄球，去洗桑拿，每次都有一大帮人作陪。而年轻人得到的实惠则是，职位从原来的程序员升到了部门主管，薪金也一涨再涨。唯一令年轻人不安的是，他忙于工作的时间少了，毕竟，编程序才是他最热爱的，也是他的本职工作。经理似乎从他犹豫不决的面色中看出了什么，便说："你只要将工作交给手下人干就行了，主管嘛，要懂得从具体事务中脱身，留下更多的时间来思考，来管理他人，来参加应酬。"经过经理这么一说，年轻人的那点不安也就释然了。于是，他将具体工作全交给了别人，而他自己则整天跟着经理四处活动，将精力全部用在了应酬上。他不但酒量增加了，酒场上的口才也长进了，但是，他的业务水平却下降了。

突然有一天，公司查出经理有贪污嫌疑，原来经理一直在借年轻人的名气，在暗地里为自己的公司接业务，虽然没有要年轻人干具体事务，但他的出席就完全可以取得客户的信任。总经理罢免了经理的职务，因为年轻人是不知情而被利用的人，便没有被追究，只是被安排回到原岗位继续当程序员。而此时的年轻人因为长时间脱离本职工作，再加上现代社会科学技术的日新月异，对于一大堆有待更新的程序，他跟不上时代的步伐，不再适合当程序员了。年轻人感到前途渺茫，眼下这份工作已朝不保夕了。

这让我想起了一个寓言故事，一头小狮子因为禁不起狐狸的诱惑，私自离开了狮群，它整天被狐狸吹捧着带到森林里四处游逛，狐狸因为狮子的威风而捕获了不少猎物。小狮子呢，虽然得到了无数好听的话语，最终却因为长时间没有锻炼本领而失去了狮子的本能。我们如果不守住自己生存发展的本钱，就有失去立锥之地的危险。

原载于《人生与伴侣》

一 念 之 差

文|王治国

有时候能够改变人生方向的仅仅是一个稍纵即逝的机缘。在商业活动中，如果你能捕捉到这些稍纵即逝的机会，并将它们变成现实中的财富，从中挖掘出无限的商机，那么无疑你就是位经常被成功垂青的商人。

美国但维尔地方的百货业巨子约翰·甘布士的一段经历颇让人深省：

经济危机后，商店纷纷倒闭，被迫贱价抛售自己堆积如山的存货，价钱竟然低到一美金可以买到100双袜子！甘布士认定这是一个千载难逢的绝佳商机，毅然把自己的全部积蓄都用于收购低价货物。

人们看到他这股傻劲，都嘲笑他是个蠢材，就连妻子也忧心忡忡劝说道："这些好不容易积累下来的钱数量有限，而且是准备作为子女教养费的，现在你把这些别人廉价抛售的东西购入，如果此举血本无归的话，那么后果不堪设想呀！"

然而约翰·甘布士对别人的嘲讽及妻子的劝阻漠然置之，依旧收购各工厂的抛售货物，并且还租了一个很大的仓库用来贮存货物。

在他疯狂地囤积这些廉价商品的同时，那些工厂贱价抛售也找不到买主了，只得顾此失彼地把所有存货用车运走烧掉，以此稳定市场上的物价。

太太看到别人已经开始焚烧货物，不由得焦急万分，抱怨起甘布士。对于妻子的抱怨甘布士一言不发，他坚信商机就在眼前，仿佛看到了财富正向他招手。

果然，美国政府不再坐视不管而是积极采取应对措施，开始以行政手段干预日益滑坡的地方经济，并且大力支持那里的厂商复业。

与此同时，但维尔地方因焚烧的货物过多，存货欠缺，物价一天天飞涨。约翰·甘布士瞅准时机已到，马上把自己库存的大量货物抛售出去，在别人艳羡的目光里狠赚了一笔大钱。

后来，甘布士用这笔赚来的钱开了五家百货商店，业务也十分发达。如今，约翰·甘布士已是全美举足轻重的商业巨子了。

通往失败的路上，处处是错失了的机会，坐待幸运从前门进入的人，往往也忽略了从后窗进入的机会。成功的商人也许他们所经历的苦难与坎坷不尽相同，但他们在追逐财富的路上却无一例外具备果断、睿智以及锲而不舍的秉性。有时候，商机仅在一念之间。如果你坐待商机浮出水面，等一切酝酿成熟后再去采取措施的话，那么你永远也不会等到梦寐以求的机会，只能守着别人的累累硕果望洋兴叹了。

原载于《东亚经贸新闻》

兔子的智慧

文|朱国勇

公元前6083年6月18日，《动物时报》头版头条：在昨天的万米长跑比赛中，乌龟先生击败兔子，获得金牌。

动物们看了，都惊讶不已。一时间，这条消息被各大报刊转载，铺天盖地。各大电视台纷纷对乌龟进行专访。屏幕上，乌龟风度翩翩，侃侃而谈。

6月23日，《动物时报》头版头条：惊天内幕，乌龟为什么能战胜兔子？

本报讯：昨天下午，万米长跑冠军得主乌龟先生在接受《新龙网》采访时表示，自己能战胜兔子完全得益于自己穿的那双鞋。这双鞋叫"飞龙鞋"，是一种高科技产品，不仅能提高跑步速度，而且还能增强体质，延年益寿，提高智商……

当天，各大商场的"飞龙鞋"全部销售一空。第二天、第三天……"飞龙鞋"持续热销！

几个月后的某天，在兔子装饰考究的别墅里，兔子夹着一根粗大的雪茄，半眯着眼，躺在名贵沙发里。他的身前，毕恭毕敬地立着乌龟。乌龟弓着腰，一脸谄媚地讨好着说："老板，'飞龙鞋'本月销售又创新高，我们发了！"

兔子点了点头，高深莫测地笑了："你小子干得不错！你说，我该赏你点什么呢？"乌龟兴奋得小脸通红，连囫囵话都不会说了："老板……看您说的……这都是我应该做的……"

忽然，他连脸都吓绿了。因为，兔子拔出一把手枪，正指着乌龟的脑袋。"砰"的一声，乌龟应声倒地。

11月18日，《动物时报》头版头条：体育新星乌龟先生近日不知所踪，连他的家人朋友都不知道他去了哪里。据知情人士透露，乌龟先生已经携爱侣退隐山林，短期内不打算复出。

12月18日，《动物时报》头版头条："飞龙鞋"是十足的假冒伪劣产品，数量惊人的受骗消费者正四处寻找乌龟，并已经向法院提交诉状，要求乌龟赔偿自己的损失……

弱者在与强者对抗的过程中，如果取得了胜利，要么是因为幸运，要么，正面临一场阴谋。

原载于《思维与智慧》

一张饼的命运

文|沈岳明

　　当年，意大利著名旅行家马可·波罗在中国旅行时，从一个小摊贩那里买了一个馅饼吃了。那是产于中国北方的一种葱油馅饼。回到意大利后，马可·波罗还对那个葱油馅饼的味道念念不忘。为了能够再次吃到葱油馅饼，马可·波罗找到了一位厨师，他将葱油馅饼的味道与形状向厨师描述后，才明确地表示，希望厨师能够将这种饼制作出来。

　　可是笨手笨脚的厨师忙了半天，也没能将葱油馅饼做好。那时马可·波罗早已饿得饥肠辘辘了。他见厨师竟然忘记将馅料放进面饼里了，便索性将馅料倒在面饼上卷起来吃。结果发现，其味道并不比在中国吃到的葱油馅饼的味道差，只是做法略有差别。

　　这就是最原始的比萨饼。由于其味极美，这种饼很快便在意大利传开了，凡是吃过一口的人，都喜欢上了这种饼。据统计，意大利总共有两万多家比萨店，其中那不勒斯地区就有1200家。大多数那不勒斯人每周至少吃一个比萨，有些人几乎每天午餐和晚餐都吃。食客不论贫富，都习惯将比萨折起来，拿在手上吃。这便成为现在鉴定比萨手工优劣的依据之一。比萨必须软硬适中，即使将其如"皮夹似的"折叠起来，外层也不会破裂。

　　1958年，美国的卡尼兄弟吃到了这种饼后，不由大声地赞叹起它的美味来。于是他们在美国堪萨斯州开了一家比萨饼专卖店，这就是全球第一家"必胜客"餐厅。如今，遍布世界各地90多个国家和地区，"必胜客"已拥有更多的分店，每天接待顾客超过400万。"必胜客"也成了全球最为著名的比萨专卖连锁企业。

一张小饼，从一个不起眼的小摊贩那里，发展到遍布全球，其身份何止翻了亿倍？从表面上看，这张饼靠的是好运气。出身于小摊之家，却能与著名旅行家马可·波罗相遇，并得到赏识，后又被必胜客的老板美国的卡尼兄弟这样世界级的超级推手成功地推向市场。可仔细想想，你就会发现，一辈子走南闯北的旅行家吃过的东西何止一张小饼？而当年摆在美国超级推手面前的产品也不止一张小饼吧，可是，能够成功的却只有这张小饼。这样看来，这张小饼依靠的完全是自己的特长——令人喜欢的味道。

小饼是这样，人也一样。如果你拥有了这个世界上独一无二而又令人喜欢的味道，那么，成功就一定会属于你！

原载于《石狮日报》

头顶盾牌的鱼

文|沈岳明

　　有一个年轻人，由于毕业于名牌大学，并且成绩不错，被许多公司争着聘用。年轻人进了一家自己认为不错的公司。可是，令他意外的是，这家公司里上至总经理下到普通职员，竟然没有一个人是毕业于名牌大学的。首先，年轻人感到很失望，因为他觉得在这里肯定学不到什么东西，慢慢地，他便得意起来。因为别人看他时的眼睛里总是带着羡慕的光芒，这种光芒令他不管走到哪里都有优越感。于是，他在这种光芒中变得日益骄傲了起来。他开始嫌同事们素质低，跟他们在一起没有共同语言，他又嫌总经理没眼光，总是重用那些比他学历低的人，而不重用他。由于心怀怨气，他曾多次跟同事们发生争吵，结果是，所有人只要见到他都远远地躲开。最后，他不得不选择离开。

　　到了另一家公司后，刚开始时，他还谦虚地向人请教，认真地熟悉业务。可是，慢慢地，他又发现，这里的名牌大学毕业生居然也少得可怜，除了总经理一个人是名牌大学毕业生外，就是他了。于是，他又对同事们不满起来。令他不解的是，以前那家公司的总经理因为不是名牌大学毕业生，没有眼光而不重用他，这家公司的总经理是名牌大学毕业生，也同样没有眼光不肯重用他。他的怨气就这样在心里越积越深，最终令所有人都对他敬而远之。他不得不再次选择跳槽。在数次跳槽之后，年轻人也变得不再年轻了，跟他一起毕业的同学，甚至那些没有考上名牌大学的同学，都已功成名就，可是他依然还在为找一份合适的工作而奔波。

有一次偶遇这位年轻人曾经服务过的公司的总经理，他跟我说起了这个年轻人。总经理的比喻颇为深刻，他说这个年轻人很像一种身带盾牌的鱼。这是一种生活在大西洋里的盾牌鱼，它的形象有点像我们熟悉的鲤鱼，所不同的是它头上长有一块蚌壳般的硬壳。这块硬壳坚硬得很，用又尖又锋利的刀子都扎不动。盾牌鱼头顶硬壳像古代手持盾牌的兵士一样，令人生畏，就是力气比它大的鱼顶多是推着它的盾牌在水面上游来游去，根本伤害不了它。如果碰上嘴很大的鱼把它吞到肚子里去，它头上的盾牌便如一把大刀，能划破大嘴鱼的肚子，让大嘴鱼与它同归于尽，所以，从来没有哪种鱼敢碰盾牌鱼。盾牌鱼头顶的盾牌虽然保护了自己免受敌人的伤害，可是也拒绝了亲人朋友的亲近。最终，因为失去了亲人和朋友，盾牌鱼只得孤身在大海里漂泊一生。

一个人，不管拥有多么显著的成绩，还是多么过人的学识，都少不了亲人朋友和同事们的帮助。如果不善于虚心进取，与人协作，那么过人的学识便会变成骄狂而锋利的盾牌，最终只能伤人害己。

原载于《潮州日报》

一鸣惊人

文│路勇

在网站，看到某花炮厂"高薪招聘"的启事，我兴冲冲地赶去面试。面试异常顺利，我获得了一个月的试用期，这让我兴奋不已。不过，接着我的兴奋打了点折扣，原来同样获得试用期的求职者阵容庞大。不用任何人提示，我也知道一个月后，大部分人会结束工作。

花炮厂想详细了解客户对烟花的需求，以便在全国范围内打开市场、增加销量。花炮厂分派我们去全国的各个省份，希望我们不仅要深入考察，还要上交一份有价值的市场报告。坦白说，我们这些新人都没有相关工作经验，就像被分派到江西的小杨、东子和我，出发前就有一种前路迷茫的感觉。

最初，小杨、东子和我是同出同进的。但是没几天，或许因为奔波太辛苦，小杨提议："以后咱们白天在网吧上网或者在旅馆睡觉，晚上再出去调查市场。"东子也附和道："说得也对，客户一般都在晚上燃放烟花，也只有晚上燃放烟花，才能显示烟花的美丽。"

我不太闲得住，白天还是不断地出去转悠，特别是在燃放烟花比较多的城郊和偏远乡镇。很快，我就发现事实并非像小杨和东子说得那样。由于许多婚宴、生日宴或者商户开张，都会燃放烟花助兴，而这些活动大多在白天举行。

不过，由于烟花白天燃放，燃放效果就失色不少。带着这个疑问，我询问了许多燃放烟花的客户，他们的意见相仿："白天燃放烟花就是图个喜庆热闹，能听到烟花冲天的声音也就够了。""白天燃放烟花看不到效果无所谓，不过烟花冲天的声音不够大，这多少是个遗憾。"

当我对调查结果已经了然于心时，小杨和东子还昼伏夜出地忙碌着，而且临到出差结束，他们依旧一无所获。从各省归来的新人们并不轻松，个个脸色凝重，因为如果交不出像样的市场报告，等待自己的将是被炒鱿鱼的命运。

不出所料，包括小杨和东子在内的大部分求职者都失去了工作，理由是他们的市场报告毫无价值。而我却得到了老总特别的赞许，因为我发现平常日子烟花白天燃放多于晚上，而且知道客户白天燃放更注重声响，而不是在天空的图案。

老总在例会上兴奋地说："新人路勇敏锐的观察力，给咱们花炮厂带来发展的希望，相信我们只要提高烟花的声响，便能一鸣惊人，开拓更大的市场。"而我享受老总表扬的同时，不由得也在想：或许正是我适时的一鸣惊人，让自己不至于成为失业一族了。

一鸣惊人，绝对不仅仅是运气好，而是我们实打实地付出过努力，最终获得了上苍的眷顾。

原载于《楚天金报》

危机也是商机

文|朱国勇

那几年，受美国次贷危机影响，全球经济衰退。许多企业因此效益下滑，纷纷减产停产。但是有一个人，不但没有减产，反而扩大了生产规模。2008年底，他独排众议，投资1000万美元，从意大利引进了一条全球最先进的纽扣生产线。2009年2月，又投资2000万美元引进了另外两条生产线。事实证明，他的选择没错，短短半年时间，他生产的纽扣市场占有份额就从55%上升到85%，公司盈利稳中有升。

他，就是大连永连服装辅料有限公司董事长邹云光。

由于他在全球经济普遍低迷的情况下，仍然能有如此精彩的大手笔，所以某大学商学院特邀他去做一次演讲。

虽然正好是放假期间，不少同学离校回家了，但是商学院的报告大厅里依然是座无虚席。坐在主席台上的他，显得内敛而朴实。他向着台下微笑了一下："各位同学，我觉得我真没什么好讲的，这样吧，你们问，拣你们感兴趣的来问，我来答，行不？"

一位女生站了起来："市场有那么多商品，您为什么偏偏把资金投向了纽扣这么一个不起眼的小商品呢？是什么让你有这么独到的眼光？"

"首先感谢这位同学的夸奖。其实我真没什么独到的眼光，只是因为我二十多年来一直在做纽扣。1983年，我18岁，第一次做纽扣。其实就是一个货郎，挑着一担针、线、橡皮筋、纽扣之类的小东西，挨村挨户地跑。那时，在温州的乡下，一个千多人的行政村，就有四五个这样的货郎。"

"你们说，这叫什么有眼光，不过就是我生活的那个年代一个最低级的商业行当。"他对着台下笑了笑，"但是，不久我就发现，乡下孩子顽皮，衣服上的纽扣常掉。于是，我就多批发了一点纽扣带上。四年后，我垄断了整个温州乡下的纽扣市场，获得我人生的第一桶金。"

一个斯文的男生站起来问："您刚才说，一个千多人的小村，就有好几个这样的货郎，你是怎样能从他们当中脱颖而出，并击败他们垄断整个市场的呢？"

"我没有击败他们，只是改革开放以后，赚钱的行当多了。他们都嫌纽扣赚的钱太少，都跑去干别的了。只有我，坚持在做。你想，就我一个在卖纽扣，这市场能不被我垄断吗？"他俏皮地笑了，"但是，后来我生意做大了，一个人忙不过来，就雇了几个人帮我卖。你们猜，这几个人是谁？全是当初和我一起卖纽扣的那些货郎。他们嫌纽扣赚得少，跑到外面转了一大圈，又跑来卖纽扣了。只不过以前他们是自己卖，现在是帮我卖。"

台下一片哄笑。

一个目光纯净、戴着金边眼镜的男生站了起来："最让我好奇的是，明明经济低迷，您为什么要扩大生产规模呢？"

"纽扣行业，利润率高，但利润总值并不大，再加上经济危机，所有的纽扣企业都面临困境，大家纷纷减产。但是，我却偏偏扩大规模扩大生产，而且零利润出售纽扣，提高产品的市场占有率，挤压对手已经很有限的利润空间。这样一来，我的竞争对手因为无利可图，就纷纷停产了。经过这一场经济危机，我们集团在全球纽扣行业中，已经是一家独大，没有一个可匹敌的竞争对手了。接下来，就是我大把赚钱的时候啦！"

台下，响起一阵热烈而持久的掌声。他挥手致意，光彩照人，结束演讲。

看来，对于一个拥有智慧的人来说，无时无处不是机遇。就连经济危机，也成了打垮对手的强有力的武器。

原载于《大学生就业》

希　望　清　单

文|沈岳明

在这个世界上，几乎每个人都有一份希望清单。比如：希望自己变得更漂亮，希望自己变得更富有，等等。在一张白纸上写下自己的希望清单，当然，也可以将这份清单藏在心里，只是需要你牢牢地记住就可以了，因为这份清单能够给自己树立一个理想，给自己的未来许下一个诺言。也正是因为有了这份希望清单，人们便有了生活的目标，有了奋斗的动力。

既然是一个希望清单，那么就需要人们努力地去实现它。据英国一份网络调查，在这个世界上，只有不到百分之二十的人实现了自己人生的希望清单。也就是说，还有百分之八十的人，没有或者说无法实现自己人生的希望清单。

当然，从幸福指数来看，那些实现了希望清单的人，比没有实现希望清单的人要高得多。有人要问，这百分之二十实现了希望清单的，肯定都是那些富翁、明星或者是高官，而那些没有实现希望清单的人，肯定都是穷人、丑人或者是疾病缠身的人。

事实上，真实的情况并不是这样的。不管是在百分之二十的人群里，还是在那百分之八十的人群里，同样有富翁、明星或者是高官，也同样有穷人、丑人或者是疾病缠身的人。

我们来举一个简单的例子：某人在自己的希望清单上写下，在60岁之前一定要赚到100亿美元，但他60岁时，只赚到了98亿美元。他为此感到非常失落，认为自己的希望落空了。这种人，就属于没有实现希望清单的人。而另一个人，他在自己的希望清单上写下，在60岁之前一定要赚到100万美元，当他满60岁时，他赚到了101万美元。他为此感到很高兴，觉得自己终于梦想成真了。他就属于那些已经实现希望清单的人。

另外，还有一个这样的故事可以加以说明：一个旅游团，在一个山脚下休整，团长对大家说，你可以选择留在车上休息，也可以去爬山，但时间只有20分钟。大多数人选择留在车上休息，只有三个人决定去爬山。那是一个年轻男性、一个中年男性和一个年轻女性。中年男性选择在山脚下走走，年轻男性选择爬到山顶，年轻女性选择爬到半山腰。结果，中年男性很快便回到了车上，那个爬到了半山腰的年轻女性，也在规定的20分钟之内回到了车上，当年轻男性回到车上时，已超过了两分钟，为此还受到了团长的批评。

在前进的路上，大家一致评定：年轻女性第一名，中年男性为第二名，年轻男性第三名。年轻男性显然将目标定得过高，而中年男性又将目标定低了，只有年轻女性定得最合适，既努力了，又在规定的时间内达到了目标。年轻男性不服气地说，我可是爬到了山顶呀。这时，大家一齐说，不要忘了，你还迟到了两分钟呢！

有句名言叫：人生的目标不是越高越好，而是通过努力刚好实现它最好。所以，实现希望清单的方式有两种：第一种是客观地写下希望清单之后，努力奋斗，争取在规定的时间内实现它；第二种是奋斗过后，如果还不能在规定时间内成功，一定要勇于放弃。

原载于《石狮日报》

新人不是“活雷锋”

文|路勇

公司是规模有限的那种，我们设计部是两男一女的格局。平日里，我们总是能够在繁忙的工作中找到偷闲的机会。老总给我们安排了忙都忙不完的事，而我们总是喜欢开个小差，聊聊韩剧里的人物角色，还有商场最新的打折信息。每个人面前的电脑桌面的右下角，时时刻刻都藏着个隐身的QQ企鹅头像……

一天，我们几个在悠闲地享受着冬日的好天气以及令自己满足的白领生活时，老板领着个稚气未褪的男孩进来了。老板向我们介绍，男孩叫阚，是刚毕业的大学生，也是我们设计部的新同事。看着意气风发的阚，我在一瞬间想到了自己刚来时的情形，也是一样的朝气蓬勃。

阚一来到我们办公室，就像每一个新人一样默默无闻、勤勤恳恳地工作着。早上，我们还没到，阚就开始打扫办公室。当我们进入一尘不染的办公室时，顿时有了心旷神怡的感觉，同事们的办公桌不知什么时候，又多了一杯香气四溢的咖啡。而我的面前是一杯麦片，难道阚知道我不爱喝咖啡？我们三个“元老”都相视无语，悄悄享受起这样的生活来。

设计部有很多需要跑腿的活儿，以前我们都不情不愿的，总是以猜拳的方式来选举那个“倒霉蛋”。现在，不用我们言语，阚早就揣起文件，送往了有关部门。当阚跑前跑后的时候，我们又将话题扯到美国攻打伊拉克的热点新闻上去了。

下班了，我们都迫不及待地奔出公司，阑毫无怨言地收拾着满地狼藉的办公室。我们还打趣，"唉，新人都是活雷锋"。

没几天，老总开会说我们设计部是公司的重心，要适当扩容，还要选出一个设计部部长。涉及各自的前途，平时人浮于事的我们几个老职员，渐渐地收敛了许多，都想在老总面前留个好印象，以赢得升迁的机会。我们的梦还没有做完，人选已经张贴在办公室外的公布栏了，阑后来居上了。

阑在当任时的开幕词说，你们都以为新人做什么都是应该的，新人仿佛就是活雷锋，你们都错了。当今职场就是战场，是没有战友，更没有活雷锋的，升迁的机会也是靠自己把握的。

虽然被一个新人训斥，心里很不是滋味，但是他说得句句在理，我们也只好虚心接受，然后在未来的日子里好好做他的下属了。

原载于《青年博览》

寻一块招牌，放大自己

文|朱砂

23岁的倪宏伟大学毕业后，从北京回到家乡的这座滨海小城，经过笔试、面试的层层选拔后，最终，倪宏伟受聘于一家名叫万泰的房地产开发公司工作。

由于小城滨海，风景秀丽，气候宜人，加之处于环渤海经济圈内，许多京津等地的有钱人纷纷在此置业，购进房产，一则用于资产的保值增值，二来兼做周六、周日的休闲之所。于是，大量的投资使得小城的房地产业相当发达。

在公司里，年轻的倪宏伟虽然被安排在开发部，并被冠以业务员的称号，但事实上，他的身份无非是个打杂儿的小弟弟，每天的工作便是干一些琐碎、无足轻重的小事。

虽然不被重用，但倪宏伟并不怨天尤人，他不但保质保量地完成了领导交给的任务，而且还主动利用闲暇时间帮同事们做一些力所能及的事，深得大家的喜欢。

不久后的一天，市里拍卖一块位于市郊的空地，经理把这个任务交给了倪宏伟。倪宏伟去察看了那块土地，立即感到那是一块相当有开发潜力的土地。然而不幸的是，看好这块地皮的房地产公司太多了，倪宏伟去的当天，就遇到两家同样来看地皮的房产公司领导。而且，这些公司中有许多都比倪宏伟的公司拥有更为雄厚的资金。人们纷纷预测，这块地的拍卖价格应该在五亿元左右，这比公司为倪宏伟定出的最高限价高出了许多。

看着倪宏伟每天忙得像个陀螺似的站不住脚，好心的同事悄悄地告诉他，其实公司并没真的想得到那块地，经理派他去参加拍卖会一来是给自己的企业一个在同行面前展示的机会，二来也是想让他去感受一下拍卖现场的氛围，这一程序几乎是每一个开发部的新员工都要进行的"业务培训"。

无疑，同事的话给倪宏伟的满腔热情泼了一盆冷水，直到此时他才明白，怪不得别人估计这块地皮的价值至少在五亿元，而公司给他的最高限价却是五亿元，原来公司并没有打算拿到这块地皮。

倪宏伟有些气馁，然而他转念一想，既然如此，那自己更要放开手脚去做了，反正公司也没这项计划，中标了，更好，中不了标，自己也没必要有太大的压力。

冥思苦想之后，倪宏伟想出一条妙计，他想：如果能使其他参与竞标的对手产生这样一种错觉，认为自己是不可战胜的，那情形又会怎样呢？

接下来，几经辗转，倪宏伟找到了已经退了休的原中国人民建设银行本市分行的老行长，请他为自己出价。

果然，拍卖现场上，当这位老行长被一群年轻人簇拥着出现在拍卖现场时，人群中立即出现了片刻的躁动，在座的几乎所有的房地界的人士都认识这位已经退了休的老行长。人们纷纷猜测，这位老行长到底代表的是哪家房地产企业？看那架势，来头好像不小。

由此，人们的头脑中便不由自主地产生了这样的一个念头：这位老银行业所代表的，一定是一家资金雄厚的公司，看他胸有成竹的样子，不管大家出什么价，他都一定会出更高的价格。

果然，当拍卖师以象征性的一亿元的价格起拍时，老行长气定神闲地举了举牌，漫不经心地说了一声：三亿元。

然后，有人喊出了三亿五千万，老行长紧接着不动声色地喊了一声：四亿。

人群中又是一阵躁动，有人喊：四亿五千万。

"五亿！"老行长紧接着又跟了一句，五千万一档的报价让众多竞拍者望而却步。

没有人再接着报价，老行长志在必得的气势把所有的竞争者震住了，现场出现了短暂的真空。

结果，倪宏伟以五亿元的最低价，成功拍到了那块地。只此一役，倪宏伟从数百名员工中脱颖而出，一跃进入公司的高级管理层。

曾经，中国古代的先哲荀子在他的《劝学》篇中说过这样一句话："君子性非异也，善假于物也。"今天，倪宏伟所用的，正是这一招：善假于人。

众所周知，无论是一个人，一个企业，还是一种商品，一切事物的价值，只有在流通中才能得到体现。然而许多时候，价值的标尺却永远掌握在别人手中，即使你真的是块璞玉，也不会有人主动去赋予你理想的价值。你想让别人注意你，想从芸芸众生中脱颖而出，一个充满智慧和理性的行为便是：关键时刻，主动出击，借助周围的环境，寻一块招牌，适当地放大自己。

原载于《可乐》

一句价值15亿的广告词

文|朱国勇

美国箭牌口香糖创办于1892年，由小威廉·莱格利创办。从1893年销售第一块口香糖开始，箭牌口香糖就在欧美市场赢得了广大消费者的良好口碑，销售额逐年上升。到了1905年，箭牌口香糖已经成为欧美最大的口香糖生产、销售商。1989年，箭牌中国分公司采用双倍提纯工艺创造了绿箭口香糖，正式大规模拓展大陆市场。仅仅用了四年时间，绿箭就在中国占到了近九成的市场份额。

近些年来，中国口香糖市场以每年10%的速度增长，到2012年初，中国口香糖市场总规模达到50亿元。绿箭口香糖的销售额虽然仍旧不错，但是它所占的市场份额却不断受到竞争对手的挑战。除了不断涌现的中国国产品牌口香糖，还有吉百利、华纳、不凡帝等众多跨国公司都对中国的口香糖市场垂涎三尺。其中，对绿箭冲击最大的，是日本著名商人重光武雄在韩国创办的乐天口香糖。高峰时，乐天口香糖占到了中国15%的市场份额。低谷时，绿箭的市场份额跌到了70%。

如何提高市场份额，重现当年的王者风范，成为摆在箭牌（中国）总经理邱月娘面前的一道难题。其实早在2010年的时候，箭牌（中国）就加大了营销力度，除了继续加大电梯广告（绿箭在中国的主要广告平台）的投入外，更是拓展了户外广告、报刊平面广告和视频广告等众多营销渠道，但是收效并不明显。因为，竞争对手同样加大了营销力度。

就在邱月娘苦思竭虑之时，她意外地收到了一封电子邮件。这份电邮是箭牌（中国）的一个下属公司——广州永和工厂的一位负责质检的部门副经理发来的。这位副经理姓张，他说，他有一个简单易行的办法，不用增加一分钱的广告投入，只需要一句话，就能让绿箭的市场份额至少提高五个点，甚至提高十个点。但是，他一定要见到邱月娘本人才会说。

只需一句话，就能有如此神奇的效果？邱月娘其实并不太相信，但是第二天，她仍然召见了张副经理。

这位张副经理，四十来岁，其貌不扬，但是显得特别沉静干练。他见到邱月娘后，简单地进行了一下自我介绍，就抛出了自己的计划。

他说，香烟之所以在中国畅销，就是因为香烟不仅具有吸食功能，还具有交际功能。熟人也好，生人也好，见面递一根烟，感觉就亲近多了。绿箭口香糖要想畅销，必须开发它的社交功能。比如说，一个年轻的男孩子在大街上看到一个漂亮的女孩子，他想搭讪。他该怎么办呢？这时，他可以递一块绿箭口香糖给女孩，并说一句"交个朋友吧"。我们就是要制作这样一个视频广告，面向青年人反复播放。绿箭口香糖不仅要成为清新口气的糖果，还要像香烟一样成为"社交媒介、搭讪神器"。

邱月娘只觉得眼前一亮，这个办法可行，实在是妙！拿下五个点简直不成问题！

她立即召开会议，要求广告部二十天内完成广告摄制，并申请专利防止竞争对手模仿，一个月后，在视频媒体密集投放。

2013年，箭牌（中国）开始发力，请偶像组合五月天代言，推出新的广告语"交个朋友吧"。视频广告中，王子阿信递给女主角一块口香糖，一脸清新地说："交个朋友吧。"

就这样，绿箭轻易就打开了年轻一代社交群体的心，在青少年学生中刮起了一阵"绿色旋风"。绿箭口香糖的销售业绩更是扶摇直上，2013年的销售额达到了55亿元，销售额同比增长了15亿元，市场份额更是空前地占到了91%。

当然，邱月娘没有忘记张副经理，2014年1月，箭牌中国给张副经理发了600万元的年终奖。

商海如沸！几乎每一天都有关于财富和成功的奇迹诞生。"交个朋友吧"，如此简单的一句话，竟然撬动了几十亿元的财富。若不是活生生的销售数据摆在那里，说出来你能相信？

只要你拥有一双善于发现的慧眼，说不定，下一个创造奇迹的幸运儿就是你。

原载于《辽宁青年》

一只气球的蓝天梦

文|朱砂

它是一只气球，被一个小朋友从商贩手中买过来，吹得很大很大，然后用绳子拴着，在公园的草地上迎风飞奔跑着，轻舞飞扬的感觉让它倍觉惬意。

然而小朋友只牵着气球玩儿了一会儿，便厌了，把它拴在公园花坛边一株无花果的树枝上，和其他小朋友玩起了捉迷藏。

离开了同伴儿，连个说话的人也没有，无奈之下，气球只好百无聊赖地东张西望着。

突然，一只巨大的热气球闯进了它的视线，那只热气球高高地飘在半空中，一路掠过树木和高楼，自由自在地飘向了远处的山冈。

"同样是气球，凭什么它能飞那么高而我就不行呢？"气球极度不服气地说。

"别做梦了，你瞅瞅，人家多大，你有多大？"无花果撇了气球一眼，一脸不屑地说。

"大雁可以飞翔，小鸟就不能飞翔了吗？"原本气球不过是随意感叹一下，然而无花果的轻蔑却让它很气愤。气球想，大家同是一个气球家族，凭什么热气球就可以飞得那么高，人见人羡，而自己却要忍受一棵无花果花的轻蔑呢？不行，自己一定要证明给无花果看，想到这儿，气球不由得挺了一下胸脯儿。

"你真的飞不了人家那么高，不信你就试试！"无花果继续着它的轻蔑。

"我还就不信了。"气球的犟劲儿也上来了。

"我活了十几年了，从来没见过能飞得像热气球那么高的小气球。"

"那我就飞给你看。"

说着，气球使劲向上跳了跳，然而，没有用，它只在空中弹了一下，绳子便把它拉了下来。

"哈哈，哈哈……"无花果狂笑着，"我说你不行吧，你偏不信，看，你飞得起来吗？"

"那是让你拉着的缘故，你不拉着，我就飞起来了。"

"好，那我就不拉着你了。"说着，无花果松开了手。

气球向上飞了几米，再次掉了下来。

"怎么回事呢？"气球纳闷儿地瞅瞅天空，又看了看自己。片刻，它明白了，自己没有借助外力。它听说，要想飞得高，飞得远，就一定要借助外部的力量。

说干就干，气球一路滚爬着，爬到一个高高的斜坡上，然后静静地等待着，等待风的到来。

要说老天果然眷顾于它，不一会儿，竟然真的起风了，虽然不大，看上去却足以把它的身体托起来。

气球瞅准了时机，向空中使劲一跃，借助风与山坡的力量，气球果真飞了起来，一路向着热气球的方向，直追过去。

飞翔的感觉真是好啊，当气球的身体高高地掠过无花果的头顶时，气球向下瞅了一眼，忍不住哈哈大笑。

气球正想嘲讽无花果几句，然而，很快它便感觉出它竟然无法控制住自己的身体。在空中，气球的身体上下翻滚着，随着落叶与垃圾，一起飞向了远方。

不知过了多久，也不知飘了多远，风小了些，气球以为自己可以喘口气了，不料，它再次惊讶地发觉，风一小，自己的身体便不由自主地往下坠。

气球飞得越来越低，飞过一幢高楼时，气球的身体躲闪不及，一下子蹭在了高楼的避雷针上，只听"啪"的一声，气球的身体被避雷针的锐利的尖儿扎得支离破碎。

破碎了的气球翻滚着落下来，路过热气球身边时，气球惊讶地发现，虽然同是气球，可热气球与自己竟然一点儿都不一样——热气球里不仅装有航天发动机，而且还装了一个方向舵！

只这一瞬，气球便明白了一个道理：借助外力，也许你会飞得很高，可要想长期停留在高处，你就必须保证自己肚子里确实有东西！

原载于《辽宁青年》

只比别人多一点

文|朱砂

　　巴察是一名普通的美国公民，有着一份稳定的工作和一个幸福的家庭，他唯一的爱好便是钓鱼，无论寒暑，美国周围的那些钓鱼场所里时常能看到他的影子。

　　20世纪20年代，巴察每年冬天都会到纽芬兰海岸去钓鱼。纽芬兰海岸隶属加拿大，以低纬度的天然钓鱼场而著称。1912年4月15日，演绎了世界上最著名的海难悲剧的"泰坦尼克号"便是在穿越大西洋的首次航行中撞到纽芬兰海岸的冰山而沉没的。

　　冬天的纽芬兰天寒地冻，每次巴察来钓鱼时都要和他的伙伴儿们费很大的劲儿凿开厚厚的冰层，在冰面上弄出一个个洞口，然后才能把挂着鱼饵的渔竿伸下水面。虽然大家要忍受刺骨的冰冷，但因为每次都大有收获，因此冬天的纽芬兰海滩还是吸引了许多钓鱼爱好者。

　　因为天寒地冻，钓上来的鱼放在冰上后马上就会冰冻起来。加之每次都能钓到很多鱼，一次吃不完，于是巴察每次都会把多余的鱼带回家。一天，巴察想吃鱼了，当他拿出带回家的鱼时，他惊奇地发现，如果鱼身上的冰不化掉，即使在家里摆上几天，鱼味也不会改变。

　　巴察是个有心人，他按着这一思路摸索下去，进一步对肉和蔬菜进行了冰冻试验，结果它们也和冰冻鱼一样能够保持新鲜。

后来，巴察经过深入细致的研究发现，如果食物冰冻的速度和方法不相同，那么它们冰冻后的味道和新鲜度也会有细微的差异。如果冰冻的速度不快或是冰冻不好，鱼肉或是蔬菜就不再拥有原来的味道和新鲜度。经过几个月的摸索，巴察终于研制成功了如何不失去食物原有新鲜度的冰冻方法，这就是后来改变了数以亿计人生活的速冻保鲜法的雏形。

1923年8月，巴察把自己的发明专科拿到专利局申请了"冷冻法"的专利，然后以3 000万美元的价格卖给了美国通用食品公司，从而成为迄今为止世界上屈指可数的能在短短几个月中成为富豪的传奇人物。

无论是1923年还是在此之前的若干年，到纽芬兰海岸钓鱼的人不计其数，为何只有巴察一个人能发现冷冻保鲜的秘密呢？归根结底是他比别人多了一分用心。

许多时候，知识、创造力、对环境的敏感自觉以及对未知领域的执着探求，往往左右着一个人一生的成败得失。在我们的日常生活中，由于受思维定式的影响，一些司空见惯的东西总是容易被人们忽视、漠然置之甚至不屑一顾。然而一个又一个鲜活的成功事例表明，正是在这些不被人注意的现象里却往往隐藏着巨大的商机。看一看周围那些能够成就事业的人们我们不难发现，他们并不一定特别聪明、能干，他们的成功往往只是多了一些别人不具备的东西，敏锐的洞察力、活跃的思维、缜密的推理、充分的自信、执着的毅力等。所有这些品质中只要比别人多了那么一点点，就极有可能让你在未来的日子里拥有一个与众不同的人生。

原载于《意林》

第六章

心宽一寸，路宽一丈

心有多大，世界便有多大。我们若能装下世界的风霜和雨露，便能享受世界的花香和雪落。而心若宽一点点，我们的视野便会开阔很多，我们奔赴前方的路也会更宽阔。局限我们的，常常不是我们的自身条件，而是我们的眼光和心胸，要通往远方必先把心打开，若想"路宽一丈"，必先"心宽一寸"。

被嘲笑的技能也会发光

文|路勇

20世纪末、21世纪初，数码影像远不及当下普及，传统影像是人们拍摄的首选。当时，城市的街头有许多快速冲洗店，人们在那里买了胶卷，带着傻瓜或机械相机拍摄，然后拿回来冲洗。

由于各家冲洗店都配备了国产或进口的彩扩机，整个流程都凭借机器的运转完成，彩扩员的工作实际并不复杂。毫不夸张地说，一个对照片冲洗很陌生的人，只需要两三周的时间磨炼，便能轻松地上岗，胜任多数照片的冲洗。

在一间位于高校门前的冲洗店，有三位年轻的彩扩员，小陆、小王和小谢。虽然冲洗店的生意还算不错，但是依旧无法让彩扩机马不停蹄地工作。更多的时候，三位年轻的彩扩员在保养机器、翻看报刊或者发呆。比起那些在车间或者工地忙碌的打工者，他们的工作是轻松而惬意的，薪水还相当可观。彩扩店的老板常常劝他们："你们有时间可以多学点技能，技多好傍身嘛。"小陆笑着说："不管时代怎么变迁，人们还是要买胶卷拍照片，我看至少五十年不会变。"小王也说："老板，你的美意我们心领，我们有信心做一辈子的彩扩员。"

小谢没多说什么，却把老板的话牢牢地记在心底。小谢不仅报名参加和彩扩相关的摄影培训班，还报名参加了电脑技能高级培训班。小谢报完名回来，小陆和小王就开始嘲笑他，大意无非是："学习摄影或许对冲洗照片有帮助，学习电脑技能岂不是太闲得慌了。"小谢边上班边学习，本来闲散的日子变得紧张起来，倒是小陆和小王依旧优哉游哉的。没多久，小谢先后在两个培训班结业，不仅拿到大红的证书，也学习到了宝贵的技能。

最初，学成归来的小谢并没有什么突出的表现，冲洗出来的照片跟小陆和小王不分上下。后来，当彩扩店扩大经营范围，开始兼营拍摄业务时，小谢学习的摄影技术便派上了用场。虽然，彩扩店接纳的拍摄业务都很简单，无师自通的小陆和小王也可以胜任，但是拍摄的效果却怎么也比不上小谢，小谢在店里的地位也默默突出了些。

再后来，众所周知的是传统影像日渐式微，连胶卷都渐渐退出了人们的生活圈。数码相机也取代了傻瓜或机械相机，冲洗照片不再是人们的首选。人们习惯将照片保存在电脑或网络里，纵使选择冲洗照片要求也提高了许多。小陆和小王明显跟不上新形势，彩扩店老板没有培训他们的想法，而是迅速找到了能胜任的新人才，唯有小谢笑到最后仍然屹立不倒。

所谓"技多不压身"，只有技能才是靠谱的"铁饭碗"，多掌握一项技能，就多一些资本，也多一条出路。纵使一些技能暂时无用或被嘲笑，但是技能发光的日子，便是我们笑傲职场的时刻。

原载于《中等职业教育》

别迷信"事不过三"

文|路勇

去可口可乐分公司上班，是很多年轻人的梦想，为了这个梦想，我也一样热情澎湃、热血沸腾。

第一次见到可口可乐招聘车间工人的启事，我毫不犹豫地前往位于城郊的面试地点。面试地点人头攒动，那仿佛不是一次小小的招聘活动，俨然是一个规模巨大的赶集会。我猜想，面试的主考官应该会看花眼，不会轻易地接纳或拒绝任何人。然而，当我从面试的大办公室走出来时，外籍主考官不留情面地说："年轻人，下次努力！"

第二次面试来得特别快，不过职位不再是车间工人，而是地区的销售专员。冲着可口可乐的金字招牌，毫无销售经验的我，再次前往面试地点，哪怕我一再地表达"我会学习""我有无限的热情"，但依旧改变不了求职失败的现实。销售部门的主考官很在乎求职者的实战经验，实战经验为零的我并没有得到机会。

当可口可乐公司再次招聘时，我已经在一家小的服装厂上班了。我告诉自己，事不过三，如果第三次依旧无法进入可口可乐公司，那我就把自己的梦彻底放弃。这一次，招聘的是某卖场的理货员，我想凭自己高大魁梧的体格，要胜任这份工作应该绰绰有余。可是，面试时，比我高大魁梧的男生多的是，更重要的是他们显然比我更年轻。

三次的失败经历让我顿时心灰意冷：去可口可乐公司工作，是我无法实现的一个梦，让梦回归梦，让人生回归人生。可是，我的女友却不支持我放弃，她说："还记得你当初追求我时的情形吗？其实，我一直都不怎么看好你，拒绝你，别说三次、十三次，我想可能三十次都不止。如果你坚持的不是爱的信念，而是迷信'事不过三'的个人原则，就没有我们相爱的今天。"

女友说服了我，我没有因"事不过三"而放弃继续在可口可乐公司求职。不管后来，我在职还是失业，只要有可口可乐公司的招聘活动，我总是第一时间赶到面试地点。我失败过很多次，甚至连失败的次数也不再用心记录，我就当失败是走向成功的必要步骤，而不去理到底要走多少步才能成功。

就在前不久，我终于获得了可口可乐的录取通知书，是一个分公司企业文化方面的职位。这个职位工作条件不错、薪水也很可观，最美妙的是，我终于圆梦了。现在回头想想，曾经笃定"事不过三"的原则是何等的幼稚和肤浅！如果不是及时从思想的泥沼里走出来，或许可口可乐公司永远"远在天边"了。

原载于《浙江工人日报》

捕猎的需要

文|沈岳明

　　猎人史蒂夫有两只狗，一只叫罗斯，一只叫汤姆。因为每次都有不小的收获，所以史蒂夫总要拿出一部分来奖励它们。有时是两只兔子，有时是两只野鸡，当然是罗斯和汤姆平分。数年来一直都是这样。

　　史蒂夫的儿子戴维，是一家公司的职员，他是个实干家，为公司出了不少力，可是，公司领导却从来没有多给他一些奖励。每次看到那些只会夸夸其谈不干实事的家伙也得到了和他一样的待遇，他便打心眼里感到气愤。这两天就是因为气愤，才请假回家散心的。当他得知父亲也是这么一个"领导"时，很不理解：难道这两只狗就没有一只更强，一只稍微差一点？有竞争才有进步嘛，何不让它们竞争一下，看谁捕得多，谁得到的奖励也就多。狗虽然不懂得为自己争取利益，但我们当主人的要为它们争取才行啊！

　　戴维认真地研究了罗斯和汤姆这两只狗的习性，发现罗斯在捕猎时喜欢一个劲地狂吠，但不敢向前冲，而汤姆则一声不吭，只管往前冲。这不是明摆着的吗，罗斯肯定是一个夸夸其谈不干实事的家伙，而汤姆才是一个不说话只会做事的实干家。

　　趁着父亲不注意，戴维决定带两只狗出一次猎，他要对父亲的工作进行改革。他将汤姆放在东边山头上捕猎，而将罗斯放在西边山头上捕猎，这样两只狗捕多捕少不就很清楚了吗？一个小时过去了，两只狗都一无所获；两个小时过去了，当两只狗得到指令气喘吁吁地来到戴维身边时，戴维连只兔子也没看到。

这时史蒂夫才哈哈大笑着站在了儿子的面前。原来父亲早就知道儿子要这么干，一直跟着他呢。史蒂夫跟儿子戴维说：孩子，其实我也很清楚罗斯是只会叫的狗，而汤姆则是一只会捕捉猎物的狗，在两只狗的合作中，汤姆有可能多出了一些力气，而罗斯则少出了点力，但它们一旦分开，则往往一事无成。因为在捕猎时一般都需要一只狗叫唤，当猎物吓得失去了方向不知所措时，另一只狗则不动声色地绕到猎物的身后将其捕获，两者缺一不可。这个世界上没有绝对的公平，只有不计个人得失，大家齐心协力，才能干出一番成绩。小到一个家庭，大到一个公司、一个国家都是这样。戴维终于惭愧地低下了头。

原载于《石狮晚报》

心宽一寸，路宽一丈

文 | 路勇

　　小时候，我住在偏远的老家小镇，没有机会去看外边的世界。老爸每天都忙得团团转，一有时间还是会骑着单车载着我，在附近的乡村溜达溜达。老爸兴高采烈的，我却提不起精神。老爸笑着说："心宽，路就宽。现在你看到的只是田野和村庄，未来你必将看到草原和海洋。"

　　有一次，乡下亲戚办酒席，大雨刚停，我和老爸穿着雨鞋，步行前往赴宴。返程时，夜色笼罩了整个村庄，仿佛也要淹没手电筒发射出的光芒。我和老爸在泥泞的道路上艰难行走，一段并不算远的路程却像个巨大的难题，让我们倾尽全力又束手无策。没过多久，老爸拽着我的手继续往前走，我却猛地停住了脚步，惊恐地说："爸爸，我们好像进了迷魂阵，走来走去还在原来的地方。"老爸虽然有些紧张，但是很快平静下来了，对我说："哪里有这么多闹鬼的故事，只要我们放宽了自己的心，一定可以找到回家的路。"平复了心情，我也没有那么慌张了，牵着老爸的手，迎着远方的灯火向前走。不到半个小时，我们就走到了小镇的街道上，街灯像炉火一般温暖。

　　慢慢地，在老爸的影响下，我变成了一个乐观的孩子，就算在本该多愁善感的年纪，我的脸上和心底都洒满了阳光。老爸陪伴的岁月总是短暂的，我必定会像一只慢慢成长的鹰，有一天飞向遥远的地方。但是，老爸的那些教诲却扎根在心底，成为我风雨人生的一道护身符。

从故乡到远方，从校园到职场，不同的环境有着不同的生态，我只能硬着头皮向前走。没有高学历，没有丰富的工作经验，也没有广泛的社会资源，尴尬的"三无"让我难免有一些自卑情绪，感觉前方未知的路越来越窄，甚至窄到寸步难行的地步。

到了一家不错的公司，同事们衣着光鲜、谈吐不凡，个个都有耀眼的学历、辉煌的业绩和左右逢源的关系，而我就像怎么飞也飞不高的小鸟，总是躲在无人关注的角落。然而试用期不等人，我不想再一次面对失业的苦楚，暗暗告诉自己一定要做出点名堂。于是，我放下那些不必要的自卑和焦虑，也放下了不必要的纠结和忧愁。慢慢地，当我自己的心"宽"了，便有了一种无畏无惧的勇敢，有了一种风雨不惧的淡然，心境也慢慢变得宽阔和明朗起来。

没多久，我慢慢地也有了一些业绩，虽然不及那些元老"功勋显赫"，但是也为公司贡献了自己的力量。一些暂时没有拿下的客户，我也"明知山有虎，偏向虎山行"，争胜的决心充斥在胸膛。我开始相信自己，相信自己能力挽狂澜，也相信自己能笑到最后。试用期转眼就过去了，我成功地经受了公司的考验，并签下了三年期的工作合同。我不再像以前那样认为要走的路很窄很窄，反倒是心中的热情，让我看到前路的宽阔和平坦。

后来，看到了一句对我很有触动的话——心宽一寸，路宽一丈。说得没错，心有多大，世界便有多大。我们若能装下世界的风霜和雨露，便能享受世界的花香和雪落。而心若宽一点点，我们的视野便会开阔很多，我们奔赴前方的路也会更宽阔。局限我们的，常常不是我们的自身条件，而是我们的眼光和心胸，要通往远方必先把心打开，若想"路宽一丈"，必先"心宽一寸"。

再细细一想，其实这不正是老板教的"心宽，路就宽"？当我终于与远方的"草原和海洋"相遇，也开始怀念记忆深处的"田野和村庄"。

原载于《哲思》

别让理想毁了人生

文|朱国勇

　　这是一片广袤的田野，土地肥沃，水草丰美。为了灌溉庄稼，农人们在这里挖了两条河，一条小点，一条大点。这条大的，我们姑且叫它大河吧。

　　刚开始，小河和大河都勤勤恳恳地灌溉，两岸庄稼年年丰收。可是有一天，大河忽然有了个想法，它要去看看海。这个想法一生出来，就再也按捺不住。我是大河，怎么能和那条小河一样，老死在这寂寞的乡野呢。大河使出浑身的力量，一浪一浪地冲向远方。要承认，大河是坚韧的，克服重重困难，它冲破了许许多多的田埂与山峰，它离它的目标越来越近。回头再看小河时，它不由生出悲悯之心：唉，小河也太没有追求了。

　　可惜的是，终于有一天，大河一头扎进了沙漠，它的那点水分很快就蒸发了。大河喊出一声"出师未捷身先死，长使英雄泪满襟"，就再也不见了。

　　没有了水，没几年，大河就堵塞了，再过几年，河道被填平了。

　　而那条小河，依旧勤勤恳恳地灌溉庄稼，为两岸农人的丰收立下了汗马功劳。为了获得更多的水源来灌溉，人们把小河的河道拓宽了，比以前的大河还要宽。小河成天热热闹闹的，有浣衣洗菜的农女，有洗澡嬉戏的孩童，有泛舟垂钓的游客……莲叶田田，碧波荡漾，水阔鱼肥。

又经过了几代人的传承繁衍，小河被当地人称作"母亲河"，而当初的那条大河，早已寻不到半点踪影了。

大河它定下的目标太过远大，它忘了自己不过是一条乡野的内陆河。由此可见，小范围的强者当久了，更易让人狂妄无知，看不清自己。所以说，追求要适度。

小河的成功告诉我们，立足本职，实现所在集体的价值，才能最终实现个体的价值。比如你让公司业绩提高了，壮大发展了，你的价值也就出来了。而撇开集体的价值，一味追求个人的成功，往往是徒劳的。

原载于《家庭》

被放大的难度系数

文|路勇

编辑部出版的时尚生活类杂志有了不错的销量，在各个城市的地铁、校园或家庭里，有着庞大的忠实读者群。在保持时尚生活类杂志良好发展势头的同时，老总决定再出一本针对成熟女性的文摘杂志。

眼前，迫在眉睫的是寻找新杂志的主编，老总有意在原有的编辑团队中寻找人选。说到新杂志主编的位置，虽然有杂志创办失败的职业风险，但是能另立门户拥有自主权，还是很有吸引力的。编辑部有六位编辑，资深主编老刘，三位超过五年"工龄"的大李、杨姐和文子，还有入职时间不到一年的小赛和小坤。按大家的预测，老刘不会轻易挪窝，新杂志的主编很可能在大李、杨姐和文子中产生。传言归传言，三位候选人都很低调，并没有很明显的动作。

老总任命新杂志主编的日期越来越近了，办公室里有了一种微妙的气氛，好像每个人都在默默较劲，好像个个又都无所谓的样子。当老总嘴里吐出"小坤"这个名字时，空气顿时凝固了，被意外击中的大家半天才回过神来。原来，刚过试用期的小坤捧出完整的新杂志办刊计划，而且对主编的位置也表达了热切的向往。由于没有其他人主动自荐，更没有人对文摘杂志提出自己的看法，老总"不拘一格降人才"——将主编的位置交给了年轻的小坤。

会后，老刘找小坤聊天："小伙子，不错哦，和我这头'老牛'平起平坐了。我就奇怪了，你一个新人争取新刊主编的位置，你就没被这么大的难度系数吓倒吗？"小坤笑着说："其实，很多时候，难度系数被我们无限放大，获得成功其实并没那么难。"

小坤说到自己学习英语的经历："和许许多多的年轻人一样，我对学习英语有着莫名的恐惧，高考时甚至被英语拉低了总分，最终念了一个不怎么好的大学。后来，我和许多同窗一样，选择了风靡一时的疯狂英语，还多次听李阳现场热情洋溢的演讲。有一次，李阳老师说，外国人都能学会我们深奥的方块字，我们没有理由学不会洋人的26个字母。听李阳这样说的时候，讲台下的学员并没有被激励，心底的畏惧依旧在膨胀。"

小坤接着说："当李阳看到自己的激励没有作用，他开始给大家讲在兰州大学的象牙塔生活。大学时代的李阳并不像现在这样耀眼，身高一米八二的他非常平凡和普通。当时，兰州大学有一个非常漂亮的女孩，不仅歌唱得好，舞跳得棒，还是省模特队的队员。女孩被校园里的男生推举为'校花'，暗恋她的男生比爱吃拉面的人还多。李阳对女孩也动了'凡心'，当他实施自己的追求大计时，本以为竞争对手多如牛毛，没想到，只是一封热情洋溢的情书，加上一束鲜艳的玫瑰花，校花便成了李阳的女朋友。当李阳说'丑男抱美女'时，学员顿时会心一笑，对英语的恐惧心理顿时减轻了许多。"小坤说得在理，老刘欣赏地拍了拍他的肩膀。

"蜀道之难，难于上青天"，人们总是容易将办成一件事的难度系数放大。当拥有了被放大的难度系数后，也就容易滋长缩手缩脚的情绪，而那些貌似很难其实不难解决的困难，便真的没有解决的希望了。

原载于《经典阅读》

彩妆大使求职也曾被拒

文｜路勇

　　她五官立体感强，眼睛也无比深邃，很多人都说"这个美人儿是个混血儿"。其实她的父母都是地地道道的越南人，她不过是在美国出生而已。

　　她很小的时候，她的父亲在建筑工地打工，而母亲则开了间小小的美甲沙龙。马路上车来车往，母亲不放心让她出去玩，便把她留在美甲沙龙里，让她在美甲沙龙里写写画画，或者就当个旁观者。渐渐地，她对母亲加工后的美甲产生了很大的兴趣。于是，她在图纸上画小宠物，画印象中的越南，还会随心所欲地设置新款的美甲图案，哪怕母亲不一定用得上。

　　到了她七岁那年，嗜赌成瘾的父亲输红了眼，不仅输光了家产，还欠了一屁股债。为了帮父亲还债，母亲不得不转让经营得正红火的美甲店，也就此断掉了一家人的收入来源。更雪上加霜的是，父亲不知道是愧疚还是逃避责任，带着自己的行李离家出走了。她只有母亲，母亲也只有她，母女俩开始相依为命地生活，生活过得窘迫而清苦。

　　或许是过够了苦日子，母亲希望她未来能学医，拥有一份收入稳定又体面的工作。可是，艺术的种子在她的心底扎了根，她的兴趣早已转到了化妆上面。她对母亲说："我不要拿手术刀进手术室，我要拿着眉笔进兰蔻公司。"兰蔻可是全球知名的高端化妆品品牌，她的梦想显然有些天方夜谭的味道。不过，母亲并没有给她的梦想泼冷水，不仅竭尽所能地帮助她了解化妆的知识，还常带她去自己后来打工的美容馆，让她获得潜移默化的熏陶。

转眼，她已经20岁了，已经长成一个可爱的大姑娘了，而她化妆的技术也越来越成熟。于是，她准备去自己向往的兰蔻公司应聘，她需要的只是一份专柜小姐的工作。可是，就算是这样的一份工作，没有相关经验的她还是被无情地拒绝了。吃到闭门羹的她有一点沮丧，她没有再去别的化妆品公司应聘，转而找了间日式寿司店做服务生。当母亲惋惜地说："孩子，兰蔻的大门对你关闭时，并不代表所有的机会都没了，你可以去别的公司试试。"她笑着说："总有一天，我会让兰蔻的大门为我而开，而现在我不管去寿司店，还是去快餐店，都不是梦想的终结。"

果然，她除了在寿司店兢兢业业地打工，对于化妆的热情始终有增无减。她开始在家里制作简单的化妆教程，并将化妆教程发布在美国的网络上。是金子就会发光，她的化妆教程有了惊人的点击率，不仅是美国本土的网友，连世界各地的网友都争相观看。而她最出名的视频是关于如何化出Lady Gaga（嘎嘎小姐）的标志性扑克牌妆容，这个视频竟然得到了超过700万的惊人点击量。

两年后，22岁的她辞掉了寿司店的工作，开始全身心地制作化妆教程的视频。同时，受一位加拿大友人邀请，他们一起创建了护肤品牌IQQU。她的影响力也不再局限于网络，许多时尚杂志也纷纷报道了她的事迹。有评论称她是"美妆界的Bob Ross"，Bob Ross是美国当代自然主义绘画大师，也有个著名的绘画教学节目《快乐画室》。但她却说："我爱'变脸'的味道，我爱艺术，喜欢将一切都变成画布，包括女孩们的脸。"

　　后来，还不等她再次去兰蔻公司应聘，兰蔻公司主动向她抛出橄榄枝，和她强强联合成为亲密合作伙伴。她会定期在博客上推出以兰蔻当季彩妆品为主题的化妆课程，以兰蔻彩妆大使的身份，继续为全世界的爱美女性传播专业又时尚的化妆教程。可以说，兰蔻成为她梦想绽放的一个新高度，而曾经被兰蔻拒绝的她成了兰蔻的"活招牌"。

　　从应聘兰蔻专柜小姐被拒，到成为兰蔻的彩妆大使，她只花了不到四年的时间。她就是风靡全球网络的化妆达人Michelle Phan，她已然获得了梦寐以求的巨大成功。而她之所以能敲开兰蔻的门，就在于她对梦想的无比笃定。只要梦想的热度不降温，成功就不会永远可望而不可即。

原载于《意林》

吃回头草别心虚

文|路勇

俗话说，好马不吃回头草。然而，马儿不吃回头草，不在于它是不是匹好马，而在于前头有更鲜美可口的嫩草。换言之，倘若前方无草可吃，马儿为了果腹必定回头，回头的姿势也会很果断。

职场中人，在职场行走，有时便是一匹马，也常把"好马不吃回头草"挂在嘴边。很多职场人离职时气壮山河，颇有些"壮士一去兮不复还"的气概。然而，就像马儿的前方不总是水肥草美，职场人也难免会心生归意，或者不知不觉走到了死胡同，吃回头草还真是不得不面对的问题。

我曾经在一家彩扩店工作，也算称心如意，老板器重，顾客看重，薪酬也不错。可是，为了儿女私情，我必须前往另一个城市，和老板、顾客和薪酬说拜拜。虽然"少了谁地球照样转"，但是彩扩店毕竟不是地球，就算它是一枚小小的地球，没了顶梁柱转得也会慢一些。可想而知，我釜底抽薪的辞职行为，给老板和彩扩店带来了多大的伤害。后来，当我念叨"好马不吃回头草"的时候，其实也有一种回不去的自知之明。

然而，盲目追逐爱情不仅没有成就爱情，还让我在陌生的城市找不到职业的方向。最终，我带着爱情的伤和职场的痛，从终点回到了起点。

一个萝卜一个坑。有一技傍身的我找不到属于自己的"坑"，黯然地回到了百公里以外的老家。彩扩店的近况源源不断地传到我的耳边，旧同事隐晦地表达着一个信息：我这棵萝卜或者还能找回一个"坑"。坦白说，我真的没有理直气壮的资本，百公里的距离成为心灵的天堑。我只是给原来的老板发信息、传邮件或者打电话，婉转表达回归的心意。遗憾的是，老板的态度讳莫如深，没有接纳也没有拒绝，"等待"是唯一的答复。

"你甘于等待其实是一种心虚，如果你没有吃回头草的勇气，那你只好饿死在前进的路上。"朋友的话像一把刀子直入我的内心。当我重新收拾心情时，我毅然选择迈出坚定的步伐，走向"吃回头草"的"不归路"。所有的难题，在我和老板重逢的时刻解开，老板淡定地说："爱情的冲动谁都会有，懂得回头也是一种珍惜，相信你这一次不会让我失望。"

吃回头草别心虚，现实的职场教会我们勇敢，只有勇敢才是开启希望的钥匙。如果你在乎的是所谓的老调重弹或者面子问题，那么世界要是对你关上一扇机会的门，你也只能苦笑着接受了。

原载于《浙江工人日报》

低开高走是一种智慧

文｜路勇

　　几年前，我也是通过面试进入现在这家公司的，我清晰地记得老总是当时的主考官。几年过去了，我在公司稳稳地扎住了根，用同事的话说，"小路是老总心里的红人了"。当得知自己有机会和老总一起负责业务员的面试，坦白说，我心底除了有一丝丝的激动，还有一点点按捺不住的好奇。激动是角色变化后的激动，好奇也是角色变化后的好奇，我很想窥探招聘人员的整个过程，一是重温自己的过去，二是铺垫自己的未来。

　　其实，我老早就知道公司对业务员新人的要求：一、大学本科以上学历；二、有相关工作经验一年以上；三、能吃苦耐劳者优先。而给予业务员新人的待遇：一是双休日、节假日休息，二是底薪2000元+业务提成。我想面试过程应该很简单，把对业务员新人的要求与求职者比对，然后再把相应的待遇向求职者讲明就可以了。

　　面试前，老总突然跟我说："业务员的待遇我做了改动，底薪由2000元调整为1500元，你到时候不要说漏了嘴。"当然，老总绝对有改变预设底薪的权力，毕竟这个底薪并没有公开过。可是，老总说变就变，底薪一下子就少了500元，我很是同情这些求职者。我也暗暗告诉自己，以后还是好好工作，有事没事别跳槽。另外一位一起负责面试的同事跟我说："小路，别说底薪

1500元，就算底薪1000元，来面试的人照样络绎不绝。"

同事说得没错，在人才市场的大厅里，公司招聘启事上醒目的"底薪1500"，并没"吓倒"那些来面试的求职者，求职者像潮水一般涌了过来。整个面试过程中，只有两位求职者直言不讳地说底薪太低，希望老总能适当提高。更多的求职者表现出来的不是对底薪的过于计较，反倒是对职位浓厚的兴趣。

按照惯例，老总没有当面宣布任何人通过面试，而是一律的"请您回去后等我们的电话通知"。我参与了整个面试的过程，所以对老总的决定格外感兴趣，也希望通过老总的选择找到一些求职的奥妙。

最终，老总从求职者中选了三个人，其中有两位是面试时嫌底薪少的求职者，另外一位是没工作经验的应届大学毕业生。老总的理由是：嫌底薪少是因为他们相信自己有拿更高底薪的能力，而另外一位虽然没有工作经验但是能让人感受到年轻人火热的激情。让我吃惊的是，老总让我通知三位求职者被录用的同时，还特别交代："一定要告诉他们，底薪已调整为2000元。"见我一副吃惊的表情，老总笑着说："底薪的低开高走，能让求职者更开心，会有一种被接纳甚至重用的感觉。"一切都在老总掌握之中，通知录用的三位求职者，齐刷刷地按时来公司报了到。

其实，不管是在求职的过程中还是在工作着，低开高走都是一种策略、一种智慧。在没有优势或者优势不明显的局面下，它能出乎意料地获得更好的结局。

原载于《就业时报》

洞　悉

文｜朱国勇

　　约旦是一个沙漠国家，资源相对短缺。为了缓解国内供电压力，2008年，约旦决定建造首个国家核电站，并向全球二十多个国家的公司发出了招标倡议书。

　　几个月后，约旦原子能委员会收到了三十多份投标计划书。经过仔细的审查、比较与分析，最后有五家公司入围，分别是一家美国公司、一家中国公司、一家比利时公司和两家日本公司。这五家公司，工程设计大同小异，报价也十分接近，都在35亿美元左右。看来，无论哪家公司想要脱颖而出，都不是件容易的事。

　　为了给自己增加胜算，各家公司纷纷推出新的举措。首先做出反应的是美国公司，它聘请了两位诺贝尔物理学奖获得者担任工程总顾问。紧接着，日本两家公司握手言和，合两家之长共同拟订了一份新的投标计划书，以一个集团的名义参加招标。中国公司也不甘人后，向约旦派出了一个大型公关团，团长与副团长都是约旦原子能委员会主席图坎在海外留学时的同班同学。

　　只有比利时公司不动声色，他们只与约旦原子能委员会进行了几次例行谈判。据说谈判中，比利时公司把报价又提高了五六千万美元。中国、美国、日本公司知道后，都觉得不可思议，都说这消息可能是误传。

　　两个月后，中国公司首先被淘汰出局。约旦原子能委员会主席图坎抱歉地对他的两位团长同学说："这两个月来，别的公司都在为工程合作问题不断做出新的努力，只有你们，什么实质性的工作都没做。"

接着被淘汰的是美国公司。约旦方称，核电站建设不需要尖端技术，诺贝尔物理学奖获得者又能起多大作用？我们不要华而不实的东西。

日本公司是最得意的，他们踌躇满志胜券在握，有的人已经开始筹划举办庆功酒会了。

然而，最后中标的企业居然是比利时公司。2009年9月12日，约旦正式与比利时公司签约。更让日本公司大跌眼镜的是，比利时公司的总报价居然比日本公司的报价高了六七千万美元。

有人不禁要问：比利时公司凭什么会招标成功的呢？

比利时公司是这样解释的：核电站将会建在沙漠里，不会占用约旦本已有限的土地资源。这多出的六七千万美元主要用于核电站周围的绿化建设，包括移植大批高大的金松与红杉，建一条通往亚喀巴的绿色长廊，栽种一批耐旱而名贵的花草等。另外，我们还会免费从比利时运10船左右的湖底淤泥到约旦，用作植物生长的基肥。建成后的核电站将是一座姹紫嫣红、鸟语花香的花园。

原来，约旦是一个沙漠国家，五分之四的国土都是沙漠。因此，约旦人对绿化与环保有着异常强烈的愿望。比利时公司的成功，来源于他们对人性的洞悉。

约旦人是这样说的：他们考虑得如此周详，我们有理由相信他们能做得更好！

看来，在越来越激烈的国际竞争中，有时比的不仅仅是技术与管理，对人文、人性的了解，同样十分重要。

原载于《读者》

奉承是蘸着蜜的毒

文|王治国

据《黔记》记载：明永乐十三年，贵州建立行省，永乐帝册封蒋廷瓒为第一任布政使，官居正二品。成为让同僚羡慕的封疆大吏，蒋廷瓒对皇帝自是感念不已。由于贵州地处山区，经常出现山谷回音现象，这本来是再普通不过的自然现象，但他在一次觐见皇帝时，由于想讨好皇上，就奉承道："皇恩浩荡，厚德远播，最近贵州山区发生了一件奇异的事件，谁要是高呼一声万岁，立马会有千军万马声势震天地持久回应高呼，声浪高远数日绵绵不绝于耳，这是真龙显威的征兆啊！"山谷回音本是很普通的自然现象，眼下却被蒋廷瓒与皇上恩威远播生拉硬扯在一起。永乐皇帝听后不由嗤之以鼻，对蒋廷瓒进行了严厉批评："你作为我朝重臣，应该遵循基本的纲常政道，阿谀奉承是卑鄙之徒的行径，非我朝君臣之所为。山谷之间空谷回音，有什么奇异之处吗？你作为布政官不能辨其非，又进表媚朕，这可不是君子之道啊！"一席话说得蒋廷瓒如芒刺在背，此后再不敢投机取巧恭维奉承了，而是专心于政事，为贵州百姓做了许多实事，为朝廷赢得了良好口碑。

蒋廷瓒为讨取皇帝欢心，不惜阿谀奉承曲意逢迎，并把正常的空谷回音现象说成是皇恩浩荡所致，让人贻笑大方。好在永乐帝不是昏君，不仅清醒地认清了事物的本质，而且以严肃的态度及时对臣下的不良思想倾向予以指正，匡正了为政之风。穿越历史长河，今天的我们并不比古人清醒多少，芸芸众生醉心于奉承这一精神鸦片诱惑的人比比皆是。

书画大师齐白石当年自称：诗第一，字第二，印第三，画第四。此说影响深远，几成定论。杂文家陈子展对此说却颇不以为然，也不顾及白石老人的面子，直言相陈："齐先生的画比他的字、诗、印的水平都要高，是占第一位的，他之所以把画排在最后，是有意以画来抬高其诗、其字、其印。"陈子展此言一出，顿时引起轩然大波，白石老人怒不可遏，指责陈子展瞧不起他。风波过后，纯洁如孩子的白石老人精选了上等田黄刻印赠给陈子展。一直到晚年，齐白石还在夸奖陈子展诚实。

正所谓"忠言逆耳，甘词易入"，世人大多爱听奉承话，这也是人性的弱点。即使齐白石这样的大师级人物，也难免被虚荣心困扰。然而，陈子展不曲意奉承，敢于直言相告。白石老人又是值得我们尊崇的，因为他不但意识到自己的错误，而且从内心深处感激指出自己错误的人。许多的经历告诫我们：爱说奉承话的人，不是想讨好你，就是想利用你。奉承是奉承者为实现一己之私而专为听者炮制的一剂毒药。只是这服毒药常常被蘸满了蜜糖，外表虽香甜诱人，实乃穿肠毒药，听者如不加明辨细察，到头来悔青了肠子也无力回天。

1949年9月，彭德怀率领部队解放了新疆。在庆祝大会上，人群中有人抬着他的画像，大呼"万岁"。看到这里，彭德怀两道浓眉拧了起来，他十分严肃地对身边的人说："胜利了，要警惕。'万岁'的口号，首先应该还给人民。要知道，一个阿谀奉承的傻瓜带来的危害，将比100个敌人还要大！"说罢，他大步流星地走下主席台，亲手从画架上将自己的画像扯下来撕了。

有些人有时明知道是对方在刻意吹捧自己，但心里却美滋滋的，殊不知那些善于在人面前溜须拍马、阿谀奉承的人，并非来自真心钦佩。下饵是为垂钓，张网是为捕获，拍马是为骑马，如果我们不能对阿谀之词、奉承之人保持足够警觉，很容易在错误的道路上越走越远。如果每个人都能像彭大将军那样在阿谀奉承面前保持清醒，让奉承之语止于启齿之前，把奉承之事摧于萌芽之中，那么奉承的毒药即使蘸满了蜜也只能是枉费心机了。

面誉者，背必非。人际交往中，在你面前说奉承话、做奉承事的人真正的用意是捞取个人好处。正如荀子所言："谄谀我者，吾贼也。"奉承是蘸满蜜的毒，面对那些阿谀奉承之言，每位听者更需保持足够的警惕，千万不要被忽悠瘸了，要像鲁迅先生说过的那样："无论是谁，先奉还他无端送给我的尊敬。"

原载于《知识窗》

给太后的礼物

文|姜钦峰

清末，李鸿章为挽危局，大搞洋务运动，操练新军，兴办实业。在向洋人学习的过程中，李鸿章渐渐意识到了铁路的重要性，"既有运兵之便，又可开矿运煤，筹集军费"。然而，当他建议清政府修建铁路时，却遭到满朝文武坚决反对，理由大得吓人：这个庞然大物跑起来轰隆作响，会震动大清龙脉！

早在1880年，李鸿章就瞒着清政府修建了唐胥铁路，只有11千米长，当时向上谎称是马路。铁路建成通车，再也瞒不住了，消息传到京城，顿时哗然。朝廷里的那帮大臣无比震惊，感到骇人听闻，连忙上书弹劾，清政府最终以"机车直驶，震动东陵，且喷出黑烟，有伤禾稼"为由，下令禁止使用机车。火车不准用车头，煤挖出来总得运出去，无奈之下，人们只好改用驴马来拉车厢，唐胥铁路变成了名副其实的"马路"。

李鸿章遭此打击，并未气馁，仍在据理力争。数年后，他又向清政府提出，修建津通铁路。大学士徐桐等人痛心疾首，随即联名上书，抬出"祖宗成法"极力阻挠。徐桐是科举进士出身，此人身为朝廷大员，只知道八股文章，竟然不相信世界上有西班牙和葡萄牙两个国家。当这两国打到家门口时，他还说："法国和英国常常来讨利益，连自己也不好意思了，所以随便胡诌出两个国名！"晚清官场的腐朽，由此可见一斑。

秀才遇着兵，有理说不清。在顽固派的重重阻挠下，李鸿章孤掌难鸣，处境着实让人同情。但他决心未变，深知跟那帮老顽固永远纠缠不清，铁路能否修建，关键还要看顶头上司慈禧太后的态度，只要老佛爷肯发话，自然无人再敢反对。可是，慈禧本来就是顽固派的头子，比起那帮大臣，她是有过之而无不及。如何才能说服这个专横的女人呢？李鸿章为此伤透了脑筋，深思熟虑后，他给慈禧精心准备了一份大礼。

李鸿章首先请法国人打造了六节精美的火车车厢，然后运到天津码头，再走水路送达北京。在此之前，他已命人在西苑铺好了一段"迷你"铁路，全长只有三里路。准备就绪，李鸿章奏请慈禧"亲试火车之便"。慈禧从未坐过火车，心中好奇，欣然前往。考虑到慈禧讨厌蒸汽机发出的巨大响声，因此这列火车只有车厢，没有车头，必须靠人力牵引。继"马拉火车"之后，不可思议的一幕又出现了：一群太监在前面高举黄幡，齐心协力拉动火车，车轮缓缓向前滚动。慈禧坐在豪华车厢里，稳稳当当，既感新鲜又觉舒适无比，不由得心花怒放。

有了这次亲身体验，慈禧对火车顿生好感，想法大变，终于同意了修建津通铁路。为了说服慈禧，李鸿章可谓煞费苦心。这种啼笑皆非的事情，也只能发生在那个荒诞的时代，早已成为历史。但是李鸿章遇到的苦恼，即使放到现在，恐怕仍有不少人会有同感吧。

职场中常有人抱怨，我的创意那么好，为何总得不到上司采纳？然后哀叹，千里马常有，而伯乐不常有，把所有责任都归于上司的无知。平心而论，人家既然能做你的上司，自然有他的过人之处，上司不可能是全才，更不是神仙，有缺点或认识不足之处，实属稀松平常。怨天怨地不如怨自己，何不扪心自问，找找自己的原因，为什么我没有办法说服上司？

常言道，耳听为虚，眼见为实，人总是觉得耳朵不可靠，而更愿意相信自己的眼睛。就算你磨破嘴皮，说得头头是道，天花乱坠，又能如何？谁会相信？老话说得好，百闻不如一见。不如像李鸿章那样，想办法拿点真东西出来，让上司亲眼见识见识，是骡子是马，自然见分晓。你的上司，总不会比慈禧还难对付吧？

原载于《意林》

和睦与紧张

文|沈岳明

三国时期，张辽与乐进一同效力曹操。两人同是将军，但张辽常打胜仗，乐进却总打败仗。乐进觉得不可思议，便常去向张辽讨教。

讨教的结果，又总是令乐进不满意。因为张辽所讲的，乐进全都知道。事实上，两人的才能是不相上下的。就连曹操也早就看出了这一点，所以才没责怪乐进，而是依然重用。只是因为没有做出成绩，乐进自己却不好意思了。

一天，苦恼的乐进，又去向张辽讨教。刚走近张辽的帐营，乐进便听到了激烈的争吵声。乐进不想多事，便准备离去。可是，听着听着，他的脚步便迈不开了。因为他分明听到，张辽的部下在他面前，一个个就像面对敌人般针锋相对、剑拔弩张。乐进第一次知道，张辽与部下的关系，竟然是这样紧张。

乐进想，这样下去，还怎么打仗啊，没打倒敌人，自己倒先打起来了。于是，赶紧让人将张辽叫出来，并直接说出了自己的担忧。没想到，张辽不但不以为意，还反问乐进："你与部下，又是怎样相处的呢？"

乐进一拍胸脯，说："当然是和睦有加呀！我们天天在一起喝酒、吃肉，亲如兄弟呢！俗话说，打虎亲兄弟嘛，如果我与部下都不和睦，那还怎么打仗呀？"

　　张辽却摇了摇头，说："那么，我问你，究竟是我的胜仗打得多，还是你的胜仗打得多呢？"乐进一时语塞，犹豫着说："这正是我不明白的地方啊。你跟部下的关系这么紧张，还老打胜仗；我跟部下亲如兄弟，却老吃败仗！"

　　张辽说："表面上，我跟部下的关系紧张，其实是容纳了他们的不同意见。只有充分考虑不同意见之后，做出的作战计划，才有必胜的把握。而你每天与部下喝酒、吃肉，看起来亲如兄弟，久而久之他们便失去了直言的机会，每次拿主意的人总是你一个，所以在实战中，就出现了诸多问题。"

　　乐进听了，豁然开朗，并且很快便采用了张辽的做法，终于成长为一个与张辽齐名的大将之才。

　　一个家庭是这样，一个公司是这样，一个国家也是这样。如果所有人的想法都一样，那么就变成了一个脑子，而他们做出的决策，也会存在各种盲点，其中一定潜藏着非常危险的问题。但是，凡是经过激烈争论之后，做出的决策实施起来，反而更有成功的把握。

原载于《石狮日报》

红 尘 悲 苦

文|朱国勇

　　一位年轻人，写信给潘石屹。信中说，他刚大学毕业，找到了一个不错的工作。但是，公司里同事间竞争激烈，主管经常刁难，老板也好像不识贤愚。他过得很不顺，他真想换一份工作，但又舍不得这份不菲的待遇。他问潘石屹，他该怎么办。

　　回信中，潘石屹给他讲了一个故事。

　　明朝有位书生屡试不第，生活穷困潦倒，整天唉声叹气。他虔诚拜佛，他常想，要是能得道成佛，摆脱困苦，该有多好啊！

　　一天夜里，他梦见自己遇上了文殊菩萨。于是，他求文殊菩萨："让我做你的童子吧。"

　　文殊菩萨微笑问他："为什么？"

　　他说："红尘悲苦！我早已厌倦了。"

　　"其实红尘中，不全是悲苦，也有许多美好的事物。"文殊菩萨面色平静如水，"要是成了我的童子，你就要永远远离这个烟火红尘，你确定吗？"

　　"我确定！"书生肯定地回答。

　　文殊菩萨笑了，一脸深意："你来看看这个。"菩萨拿出一面铜镜，手轻轻一拂，铜镜中就出现了一幕场景：

　　只见一位仙童正摇着文殊菩萨的胳膊说："师父，你就让我下凡去做一个凡人吧。求求你了。"

　　"为什么要做凡人呢？要知道做一个仙人，是多少凡人朝思暮想的啊！"

　　仙童的语调忽然忧伤起来："蓬莱寂寞啊，师父！有美酒，却只能独酌；有仙乐，却无人共赏。没有朋友兄弟，没有儿女天伦……师父您出外论道的时候，偌大的仙山，只有我一个人，只有孤独和无边的寂寞。"边说着，仙童边举起年轻稚嫩的手臂："师父您看，我都五百多岁了，还长成这么一副童子模样。对我而言，生老病死都是一种奢求啊！五百年了，十几万个日日夜夜，您知道我是怎么过的吗？"仙童说得十分动情，眼中隐隐有泪花闪现。

　　或许，是最后一句打动了菩萨，文殊菩萨一声轻叹。

　　书生还想再看，文殊菩萨已经撤了铜镜。

　　"这是我的一位仙童，他跟你恰恰相反，他最想做个凡人。"文殊菩萨说。

　　书生一听，雀跃而起："那不正好，我正好跟他换换……"

　　"可是，你知道吗？"文殊菩萨打断了书生的话，"这位仙童就是你的前世。"

　　"我的前世？"书生满脸惊愕。

　　"是的，他正是你的前世。"文殊菩萨语调深沉，"你受不了仙界的清淡寂寞，才自愿舍了五百年的修行。你说，只要能到凡间历一番轮回，体验一下凡人的生老病死，享受一下凡人的爱恨悲欢，无论如何，你都甘愿！我这次来，就是想看看你在凡间过得怎样……"

　　后面菩萨说了什么，书生根本没有听清，他正陷入一种极大的惊愕、矛盾与深深的思索之中。

　　"好好想想吧，等你做好了决定，我会再来的。"文殊菩萨化作一阵清风，飘然而去。

书生醒了。桌上,半根红烛正艳,窗外,一轮圆月幽明。堂上供奉的文殊菩萨塑像,正含笑不语。

从此,这位书生就像换了个人似的,再也不怨天尤人。他娶了一位朴实村姑,生了一对伶俐儿女。忙时,耕田种菜;闲时,吟诗赏月。整天笑容满面,过得逍遥自在。享年八十七岁。

故事说完了,潘石屹最后这样总结道:

红尘悲苦,蓬莱寂寞!这个世界上,又哪来完美的人生呢?面对不好的境遇,我们最需要修炼的是自己的心态,一种低处淡看宠辱的胸襟,一份坚韧不拔缓慢崛起的斗志。

你想换份工作,其实是在逃避,逃避工作中出现的矛盾。在你的心态修炼好之前,换工作环境是徒劳的。就好比故事中的书生,柴米生活就会觉得悲苦;真要入了蓬莱仙境,又会觉得寂寞,心情也好不了。

原载于《读者》

不要老等闹钟催

文｜刘克升

　　我有个为闹钟定时的习惯。每天晚上临睡觉前，总是将闹钟的响铃定在6点30分。

　　前些日子，母亲到城里我租住的楼房里来看我。每天早上，闹钟一响，当我睁开眼睛的时候，总是发觉母亲早已坐在了我身边。看到我睁开了眼睛，母亲总是轻轻地拿过闹钟，将定时开关关掉，然后继续坐在我身边，微笑着、慈祥地端详着我，直至我开始起床才起身离开，去为我准备早餐。

　　洗漱完毕后，我非常幸福地吃着母亲为我做的早餐，禁不住轻轻地问母亲："娘，你每天的起床为什么那么准时啊？"母亲仍旧微笑着，慈祥地望着我说："我从年轻的时候就开始注意培养准时起床的习惯了！不像你们年轻人，老等闹钟催，就是有了闹钟催，有时候也会睡过头。闹钟嘛，容易养成一个人的惰性。儿呀，我看你还是改一改吧，不要老等闹钟催。"

　　"不要老等闹钟催"，母亲的话使我感到了一些不好意思，也使我想起了自己以前使用闹钟定时功能的一些经历：有时候是闹钟的闹铃响了，关掉定时开关后，一看还有点空闲时间，想眯眯眼再睡一会儿，结果这一睡就睡过了头；有时候是闹铃已经响了很长一段时间，自己才猛然惊醒，继续听着闹铃持续不断的骚扰，这才意识到起床很可能已经迟了很久了，耽误了自己做事情的时间或者时机……

"不要老等闹钟催"，母亲的话说得很实在，也很有道理，发人深省。老等闹钟催的行为，给惰性的入侵提供了空间，确实是一种需要改正的习惯。

静下心来想一想，闹钟是催我们起床的一个外力。有时候，借助外力可以起到提升自己的实力、加快自己速度的目的。但是，如果过多地依靠外力，一味地等待外力来帮忙，有时候反而不如自己直接发力启动得快，也不如自己直接发力对目标的冲击力大。依靠外力，毕竟是添了一个缓冲的载体，隔了一段距离，多了一个过程。

"不要老等闹钟催"，起床是这样的。依此类推，做事情也是这样的。对外力过分依赖，很可能会给你的人生带来负面的影响。比如，在公司里，对自己的一些分内的工作，总是要由自己来做的，要注意培养立说立行、日事日毕、独立完成的习惯，不要老等着领导这只"闹钟"去催，不要老想着借同事的外力去完成，以免领导、同事对自己有看法。再比如，在家庭或社会中，总会有些对亲人、朋友的承诺，承诺一旦出口了，不要老等着亲戚、朋友这只"闹钟"去催，要胸有成竹，及时、及早地兑现自己曾经的承诺，以免失信于亲戚，失信于朋友。

"不要老等闹钟催。"凡事要多一些主动，少一些被动；多一些积极，少一些懈怠；多一些行动，少一些观望。积极向上的人生，才是充实的人生。

原载于《江南时报》

第七章

笑不到最后的"机会主义"

　　不管是在职场、商场还是战场上，每个人都希望成为笑到最后的那一个。可是，没有一个人仅仅会因为运气好，就可以轻轻松松攀上顶峰或者捧得桂冠。运气或许是上天偶然的恩赐，但是如果将运气当作理所当然，那么成功就会遥不可及。不做机会主义者，脚踏实地地走每一步，过每一天，那些遥远的海市蜃楼般的辉煌，便可以实实在在地降临，让我们畅快地笑到最后。

加尔文登山识人

文|朱国勇

2003年3月，美丽的美国西雅图城郊，风景秀美的开比特尔山下，来了三位游玩的老人。领头的一位，年近七旬，名叫加尔文。他是大名鼎鼎的摩托罗拉公司总裁。跟在他身后分别是五十岁的爱德华·赞德和五十一岁的约翰·格杰德。

三人边走边笑，其乐融融。只是，加尔文心中却另有打算。明年，他就要退休了。到底让谁来接替自己的位置呢？赞德还是约翰？摩托罗拉公司可是加尔文的祖父一手创立的，不找一个合适的人选，加尔文真不放心。其实，赞德与约翰都是不错的人选，他们知识渊博，富有管理才能和全球性眼光。但是最终选谁，加尔文还没拿定主意。

行到山道旁，加尔文突发奇想：你们俩来场比赛吧，看谁先登上山顶。赞德与约翰对望一眼，都笑了。比就比吧，谁怕谁啊！也许总裁是想借此考察我们的体质呢！也对，管理这么大的一个全球性公司，没个强健的体魄怎么行？

春光明媚，山鸟啾啾，在露水清清的山道上，约翰与赞德奋力攀登起来。看着两人的背影，加尔文一脸欣慰地笑了。他静静地抽了一根雪茄，然后坐上了通向山顶的缆车。

加尔文在山顶静静地等了一个小时后，约翰一脸汗水地奔了上来。加尔文很满意地笑了："你一向效率高！"加尔文递给约翰一根粗大的雪茄，两人立在那里闲聊，不时发出愉悦的笑声。十多分钟过去了，两人看了看山道，赞德连影子都看不到。

　　无意中，加尔文看到约翰挂在胸前的数码相机。他拿过约翰的相机，想看看照片以打发这无聊的等待。可是，打开一看，里面空空如也。满山秀美的风景，居然一幅都没留下。加尔文耸了耸肩，把相机还给了约翰。

　　又过了十多分钟，赞德才姗姗来迟。"我来迟了，董事长。"赞德爽朗地笑着。加尔文点头微笑，他饶有兴趣地取过赞德胸前的数码相机，打开，里面静静地躺着十来张照片，全是这座山上的名胜。那拍摄的角度，光与影的配合还真不错。看着看着，加尔文忽然心有所悟，一展眉头笑了："你懂得欣赏。"

　　一年后，加尔文退休了，他任命爱德华·赞德为摩托罗拉公司的全球CEO。

　　事后，加尔文这样说，我本想借登山检查一下他俩的体质，可是当我看了他们的数码相机之后，我有了新的发现：约翰是一个过于执着的人，他的眼里只有目标。这样的人虽然办起事来雷厉风行，却容易贪功冒进，给公司带来风险。而赞德，却是一个懂得欣赏、张弛有度的人，把祖父留下的产业交给他打理，我放心。因为，摩托罗拉公司当时需要的只是稳步发展，而无须迅速扩张。

原载于《意林》

将空气卖给石油大王

文|沈岳明

　　一艘装载着可可豆的货船，由古巴首都哈瓦那驶往西班牙的巴塞罗那。途经美国海域时，遇上事故而搁浅在棕榈滩岛的岸边。货主的名字叫亨利·弗雷格勒，那船货物是他的全部家当。可可豆因被海水浸湿，全部报废。亨利回到美国后，只能申请破产。对于做了大半辈子生意，经历过无数次失败打击的亨利来说，这次是最惨重的一次。

　　万般无奈，亨利只好上了棕榈滩岛。这一上岛不要紧，亨利顿觉神清气爽。原来，这里风景优美，树木茂盛，氧气含量比其他地方要高出很多。如果将这里的空气卖给美国那些富人，他不是可以东山再起了吗？

　　他先请人对空气做了检测，然后买地。由于棕榈滩岛很偏僻，地价便宜得令人不敢相信。亨利以每平方英尺（1平方英尺约合0.093平方米）两美元的价格，买下了3万平方英尺的地皮。棕榈滩岛的总面积为4.4万平方英尺，凡能开发的地皮全部被他买走了。

　　下一步就是如何将这些地卖出了。亨利找到石油大王洛克菲勒。洛克菲勒听了，哈哈大笑地说："我没有听错吧，你想将空气卖给我，而且价格还超过了我的石油？"亨利说："没错。"

　　洛克菲勒说："说说你的理由吧，只要你能够说服我，我就买你的空气。"亨利说："我们都是生意人，都明白只有顾客觉得物有所值才肯花钱购买的道理。"洛克菲勒点了点头。

亨利接着说："我请专家做了一份调查，结果显示：美国的纽约等大城市由于污染严重，空气里的含氧量还不足18%，而人类维持健康生存的空气含氧量要达到20%或以上水平。现在医院里的氧气价格是每升10美元。我发现有个好地方，那里的空气含氧量达到了30%。您说那里的空气值不值钱？"

跟生命相比，金钱的价值就大大地降低了，石油大王何尝不懂得这个道理？于是，洛克菲勒毫不犹豫地花了500美元一平方英尺的价格，从亨利手里买下了一块地皮。随后，亨利又将其他的地分别卖给了范德比尔特家族、卡内基家族、梅隆家族以及后来的慕恩家族和贝克家族，因为只有这些富人才买得起如此昂贵的地。

棕榈滩岛是位于南佛罗里达迈阿密市以北65千米处的一个堰洲岛，向西靠近岸内航道，东临大西洋，岛内的常住人口大约为一万人，旅游季节则有三万人左右。旅游旺季的时候，美国有四分之一的财富在这里流动。地价也一升再升，并且成了美国富人的聚集之地。

由于人口剧增，棕榈滩岛的生态环境遭到了破坏。有人给该地的空气做了检测，含氧量为16%，比纽约等大城市还要低。然而，依然有人不断地向那里涌去。他们并不是冲着那里的空气，而是冲着那里的富人们去的，因为他们想像亨利那样去赚富人们的钱！

原载于《羊城晚报》

笑不到最后的"机会主义"

文 | 路勇

　　一年前，表妹王颖入职一家保险公司，她可是满怀壮志豪情的。和她同期入职的，还有一个瘦瘦小小的男生宇，整天都嘻嘻哈哈、吊儿郎当的模样。王颖跟自己说，我是公司绝对的新人，我不跟别的同事比来比去，怎么也要比宇强那么一点。

　　没想到，接近一个月的时间，王颖才签了一个小单，而宇却签下了三个大单。宇高兴得眉飞色舞，而王颖却百思不得其解：就凭宇那个工作态度，不爱出门推销连电话都打得少，可业绩竟然远远超过自己。王颖一度陷入了迷茫："通往成功的路难道不对我开放？难道我不能成为笑到最后的人？"

　　后来，王颖谦虚地向宇请教："宇哥，你这么厉害，到底是怎么做到的？"宇笑个不停地说："我这个人天生运气好，常常会被天上掉下来的馅饼砸到。你看我入职也就一个月吧，可是好运却接二连三地砸到我。"原来，宇的几个客户都是阴差阳错拿到的：第一单陈总一直在考虑，之前和他接洽的同事离职了，而宇不早不晚地接了手，而陈总已考虑成熟了；第二单小陈是宇的大学同窗，老同窗好多年没见，旧叙完了订单就尘埃落定了；第三单是个广东豪客，买保险跟买小白菜一样爽快，钻进公司逮住宇就下单了。

　　真是不问不知道，一问吓一跳。王颖郁闷坏了："没想到，这个世界有一种人，竟然总是比别人幸运。"周末，心事重重的王颖来到了我们家，而我的父亲正在阳台浇花。王颖开门见山地说："舅舅，运气好的人真的能笑到最后吗？仅仅凭运气就能笑傲职场吗？"父亲淡淡地说："我活了六十多岁，从没见过运气一直都好的人，人需要脚踏实地的努力，才能看到风雨后美丽的彩虹。'机会主义'或许能赢得几次的胜利，但是想一直笑甚至笑到最后，这无疑是不求进取者的异想天开。"

　　没几天，王颖就打来电话："舅舅，你真是神算子，第二个月，我的同事宇没拿到保险单就被老板炒了鱿鱼，而我只是再次拿到小小一单，却能稳坐钓鱼台。"父亲笑着说："宇是凭好运气拿到了订单，但是订单不能一直靠运气。我相信任何一个老板，不可能去衡量员工的运气，更看重的是员工的责任心和勤奋度，如果责任心不强、不够勤奋，老板自然不会手下留情。""舅舅，你简直可以当我们的老板啦！关于解雇宇，老板说的话和您如出一辙！"王颖忍不住兴奋地说。

　　其实，不管是在职场、商场还是战场上，每个人都希望成为笑到最后的那一个。可是，没有一个人仅仅会因为运气好，就可以轻轻松松攀上顶峰或者捧得桂冠。运气或许是上天偶然的恩赐，但是如果将运气当作理所当然，那么成功就会遥不可及。不做机会主义者，脚踏实地地走每一步，过每一天，那些遥远的海市蜃楼般的辉煌，便可以实实在在地降临，让我们畅快地笑到最后。

　　　　　　　　　　　　　　　　　原载于《中国青年报》

火 锅 外 卖

文|路勇

夏天刚刚过去的时候，老乡大明的火锅店就热热闹闹地开张了。秋季也是火锅开始走俏的季节，大明的火锅店运营状况非常不错，朋友们都说大明的眼光真是不错。而大明却说，冬天才是火锅店的真正旺季，无论如何都要把这个旺季抓牢，给火锅店的生意再添一把"火"。

冬天悄悄来临了，大明的火锅店生意继续兴旺，而店里还悄悄有了新动作——火锅外卖。所谓火锅外卖，就是由外送员将锅碗瓢盆、配菜和锅底送到食客家里，食客只需要简简单单点个火，就能在家吃上热气腾腾、原汁原味的火锅了。而等食客美餐一顿后，外送员便会再次前往收回锅碗瓢盆，并退还食客交纳相应的押金。简而言之，食客就算在家里，也能轻轻松松地吃上火锅，火锅外卖跟盒饭一样能随叫随到。

坦白说，当我得知火锅也能送外卖时，两只眼睛瞪得像一对灯笼。为了体验一下火锅外卖，于是我特意打通了大明火锅店的电话。很快，按预约好的时间，大明火锅店里的服务生送来了火锅外卖，还麻利地摆好了一切的装备。除了餐桌不是火锅店的餐桌，进餐的地方换成了自己家，其实吃火锅的感觉根本没两样。等我和家人风卷残云后，服务生带走了装备，打包走进餐后的垃圾，我的家又恢复了原样。

不过,我感兴趣的是,大明是如何想到这个主意的。火锅外卖是很多人想不到也不敢想的。大明笑着跟我说:"顾客的需求便是最好的商机,是顾客给了我很好的启发。"原来,大明常听到进餐的年轻男女说:"火锅确实好吃,但是若能在家里吃到火锅店的火锅,该多好。"当大明借机推销火锅店的火锅底料时,年轻男女却说:"吃火锅,其实吃的就是一种感觉,我们需要的是在家里享受同样品质的服务。"

那一刻,大明突然明白,都市里宅男宅女特别多,许多人同样渴望足不出户吃到火锅,而且是和火锅店一样美味的火锅。虽然火锅外卖不是件容易的事情,但是大明一旦发现全新的商机,便开始着手研究火锅外卖的可行性,并且最终让火锅外卖变成了现实。而火锅外卖不仅吸引了宅男宅女,连一些家庭聚会也会点一份火锅外卖,甚至有加班的白领也会感兴趣。

不用说,大明的火锅店开展火锅外卖服务后,整个冬天的生意自然是旺上加旺。而商机和人生中的种种机会一样,从来都是眷顾擅于捕捉、敢于进取的人。如果有商机却视而不见,或者行动起来畏首畏尾,那也就只能和成功无缘了。

原载于《特别关注》

懒散师傅勤快徒弟

文|路勇

懒散师傅勤快徒弟，这是我家乡的一句俗话。大意是：师傅倘若是懒散的，徒弟便会是勤快的，学艺也会特别快、特别精。或许有人说，师傅懒散，徒弟不是会有样学样吗？然后现实却并不是这样子。

就拿我父亲来说吧，当年他是小镇数一数二的木匠师傅，油漆装潢技术也一级棒。可是，父亲有着懒散的坏毛病，常常无法如期完成别人的订单，甚至让结婚的新人用不上新家具。渐渐地，父亲懒散的坏口碑就开始风传，甚至闹得小镇上尽人皆知。可是，来上门拜师的年轻人却络绎不绝，大概是仰慕父亲过硬的手艺。奇怪的是，父亲虽然懒懒散散，经常性地消极怠工，甚至工作时间去打牌，但是父亲的那些徒弟们却个个勤奋赶工，手艺也学得快而精。时间长了，小镇上的人都开始说："懒散师傅勤快徒弟，要想学好一身手艺，就得找路师傅这样的懒散师傅。"年少的我很好奇，于是跑去问母亲为什么，母亲笑着说："如果师傅太勤快，只知道埋头赶工，哪有时间让徒弟动手？"

后来，我也走上了工作岗位，在一家快速冲洗照片的店打工。由于我是新手，老板对我和那些老同事说："三个月内，绝对不许小路上机器。"后来，我知道老板一方面担心我去操作，会浪费大堆大堆的相纸；另一方面也怕新手上阵，让顾客担心照片冲洗的品质。可是，那些老同事见补充了新鲜血液，恨不得把所有的工作都即时移交。于是，他们趁老板不在，争先恐后地教我冲洗照片。不到一个月，我冲洗的照片合格率超过了九成九，几乎可以胜任绝大部分照片冲洗的业务。老板见我如此速成，也就不再坚持他之前的禁令，反而让我放开手脚去工作。

那些老同事从某种程度上来讲，其实就是我学习冲洗技术的师傅。正是因为这些老同事性子里的懒散，激发了他们传授技术的热情，让勤快的我节约了很多时间，少走了很多弯路。其实，职场上总会有这样的元老，他们对新人颐指气使，或者将工作的重担甩给新人。而对于新人来说，抱怨、委屈和难过都是多余的，而且也改变不了职场上的命运，倒不如勤勤恳恳地把工作做好。

"懒散师傅勤快徒弟"，身为新人也该要感谢元老的懒散，正是元老的懒散成就了新人的上进。而比起成功的甜美滋味，小小的历练又算得上什么呢？

"懒散师傅勤快徒弟"，其实和"名师出高徒"并不矛盾。职场新人遇到名师的同时，也有可能遇到懒懒散散的师傅，但是要想获得进步，最重要的品质绝对是勤奋。

原载于《读者》

老外史蒂芬

文|冯有才

一年前，我还在一家报社做教育版编辑。

那年的植树节，报社组织了部分学生作者举行了一场主题为"关注环保，关注绿色"的活动，旨在让广大青少年们树立绿色意识，从爱护环境做起，然后再从爱护环境引申到爱祖国。活动采取的是问答的方式，配合参加活动的是一名外籍人士，我清楚地记得，他叫史蒂芬，是加拿大人。我们之所以以每小时400元的高价邀请他，最重要的，是因为他有一个非常注重环保的祖国，这一点，恰恰是我们活动的最终目的，也是我们所要学习的。

说实话，我在心里很鄙夷这个老外，他为什么要收费方式呢？为什么就不能免费地为广大学生作者服务一次呢？倘若是，至少我们会觉得他形象高大而不势利，而不是单纯地仅仅为了几百元一个小时的收入而来的。

不可否认，史蒂芬的确有他的一套，对于学生作者的提问，他能用相当精巧微妙的语言来回答，令在场的所有观众都满意。他告诉我们：一个人首先得学会爱祖国，只有爱国了，才能爱护她里面的每一寸每一滴，才有资格爱护环保。他的观点与我们报社的观点截然不同，仿佛间，我都能感觉到到场的报社领导的难堪。

所幸活动只有3个小时，很快就过去了，我心里暗自数着时间，然后发着誓，下次再也不要报社请这样的老外来了，最起码，他的观点是要配合我们主办单位——报社的观点的嘛。毕竟我们是付了钱的。

活动结束的时候，学生作者们正忙着收拾东西准备离开教室，忽然间，史蒂芬说了一句，我能唱一首我们加拿大的国歌吗？我非常希望你们能坐下来听，大家顿住了，然后陆续地坐了下来。他饱含深情地唱了起来，唱到高潮的时候，我分明看到他模糊了双眼。受到感染，我们参加活动的学生作者们也紧接着唱起了《义勇军进行曲》……

一个月后，我离开了报社。后来通过QQ和原来报社同事的聊天，他们告诉我，在我走后的不久，史蒂芬突然来了报社，陪同他来的，还有一大沓爱国光盘，那是我们祖国的历史。他是用那天活动的钱买来的，他说，他希望我们报社能再次组织学生作者活动，他希望学生作者们能看到这些电影。

我想，如果我还在报社上班的话，我一定会再次邀请史蒂芬先生的。一定会！

原载于《钱江晚报》

冷门淘金的智慧

文|李丹崖

史蒂芬还在上大学的时候就是一位文艺发烧友。他是各国影星、体育明星、歌唱明星的追捧者。每逢国内有了演唱会、各大赛事、各大影视颁奖典礼，史蒂芬都会买票参加，通常要坐最前排。可是，史蒂芬的父母都是工薪家庭，对于史蒂芬对各大明星的追捧和追随，他们付不起高昂的追星费用。

20世纪八九十年代，磁带十分抢手，史蒂芬就在校园摆摊，做起了销售磁带的生意。都是各大排行榜上受热捧的明星，他通常1.5美元购进，两美元卖出，每个月能赚30到50美元不等。

史蒂芬初步尝到了创业的甜头，在其毕业后，就开起了音像店，销售磁带和光碟，一干就是10年。除去房租和日常开销，再除去自己追星的费用，年终的时候，自己还有一笔可观的收入。

然而，史蒂芬的生意好景不长，随着MP3、手机等多种播放工具的迅速普及，史蒂芬的音像店很快陷入门可罗雀的境地。先开始，史蒂芬还能勉强维持开支，但是，看不了各大明星的活动赛事了，后来，史蒂芬竟连房租也交不上了。

无奈之下，史蒂芬开始收拾门面，准备停业。就在史蒂芬收拾磁带和光盘的时候，无意中发现了自己多年来收集的各色海报：影视红星、体育明星、政坛要员、财富巨擘……当时，史蒂芬眼前一亮，既然磁带和光盘市场冷落，我何不开一家海报收藏店呢,专门为发烧友们提供服务。

说干就干,史蒂芬立即装修了门面,摇身一变,音像店成了海报收藏专售店。他以自己多年来的收藏为基础,广泛从网上搜集购买别人收藏的海报,汇总到一起,没想到,仅仅一个季度,收入竟然比往常一年的收入还多。

瞅准了其中的商机,史蒂芬还尽全力联系了多家电影制作公司和明星经纪公司,从那里买来了第一手原创的海报和画报,这就让史蒂芬的产品有了源头活水。

个性就是商机。史蒂芬通过销售海报,不仅增加了收入,而且扩大了店面,实现了连锁经营。如今,史蒂芬的海报经营已经开到了40余家,年收入实现5 000万美元。

正所谓"不钻犄角旮旯的人,往往也找不到阳关大道",生活中的许多事物,在其冷门的背后,往往藏着一份炙手可热的事业,就看你有没有去闯的勇气和善于发现的眼睛。

原载于《意林》

热 爱 自 己

文|陈全忠

乔·吉拉德在他49岁退休的时候，被誉为"全世界最伟大的推销员"。在此之前，他连续12年保持全世界汽车销售的最高纪录，平均每天销售六辆。他因此载入吉尼斯世界纪录大全，也以此证明了父亲的一句话是错误的。

小时候，他父亲认为他是一个四处游荡的笨蛋。如今他"游荡"在全世界，成为全球最受欢迎的演讲大师，为众多世界500强的企业精英讲授他的成功经验。每到一个地方，人们都要问他一个问题："你是怎么样卖出这么多的汽车的？"

乔·吉拉德回答只有八个字："热爱自己，相信自己。"他认为人的一生是非常有限的，有的人买了很多身外之物，比如房产、珠宝，其实人首先要买的是自己的信心，然后才能推销出自己。事实上凡是想你买东西的人，买的都是你、你的信念、你对生活的热忱。推销的要点，并非是推销商品，而是推销自己，当他当推销员的时候，他的衣服上经常会佩戴一个金黄的"1"字，有人问他："是因为你是世界上最伟大的推销员吗？"他的回答是否定的。他说："我是我生命中最伟大的，没有人跟我一样。"

世界上到处有人问乔·吉拉德是卖什么的，他说，是世界上最好的产品——乔·吉拉德。因为热爱自己，乔·吉拉德也受到很多人的热爱。在做汽车推销员的时候，很多人排长队也要见他，买他的车。因为热爱自己，73岁的乔·吉拉德认为自己的心理年龄只有18岁，因为他始终保持着蓬勃向上的精神状态。与之形成鲜明对比的是，我们周围一些人一生都在愁云惨淡、郁郁寡欢中度过。他们见人一脸苦相，两道愁眉，抱怨工作不好，机遇不好，命运不好，生活混沌，无力回天，认为朋友抛弃了自己，爱人抛弃了自己，生活抛弃了自己。而事实的真相是，很多时候是他们自己抛弃了自己，因为他们没有热爱过自己，没有看重过自己，没有相信过自己的潜力。

每个人的生活都有问题，但乔·吉拉德认为，问题是上帝赐予的礼物，每次出现问题，把它解决后，自己就变得比以前更加强大。

一位医生说，每个人体内有一万个发动机，热爱生活的人有责任把所有的发动机全部启动。没有人能左右你的思维，没有人能左右的生活，只有你自己能控制。

原载于《青年科学》

舒适的代价

文｜朱砂

20世纪初，在美国伊利诺伊州的奥克布洛市，一个名叫雷·克洛克的男孩儿降临在一个普通的城镇家庭里。他出生的那年，恰遇西部淘金热结束，一个本来可以发大财的时代与他擦肩而过。读到高中二年级时，因为囊中羞涩他被迫离开了学校。在以后的岁月里，他在几个旅行乐团做过钢琴师，在芝加哥无线电视台做过音乐导播，可是由于当时正值美国经济大萧条时期，不管他多么努力地工作，最终仍摆脱不了贫穷的折磨。

后来，克洛克想在房地产方面有所作为，开始在佛罗里达推销房地产。好不容易生意才打开了局面，不料第二次世界大战烽烟四起，房价急转直下，结果竹篮打水一场空，他破产了。回家的路上，他没有大衣，没有外套，甚至连副手套也没有。走在冰冷的大街上，克洛克满怀失意，一文不名，想到几十年来一直伴随着自己的低谷、逆境和不幸，他心灰意冷。

走到家门前，望着厚厚的窗帘缝中透出的橘黄色的光，克洛克忽然泪流满面。对于一个已经年近不惑却穷困潦倒的男人来说，责任或许是他活下去的唯一理由。

接下来的日子，克洛克依然努力寻找着适合自己的工作。虽然时运不济，但他并没有怨天尤人，他深信时运不济并非没有时运，而是时候未到，他执着地认为大路是为那些审时度势、自强不息的人铺就的。

半年后，克洛克遇到一个名叫普林斯的人，他发明了一种叫多用搅拌器的多轴奶昔搅拌机。克洛克认为这种机器里蕴藏着很大商机，于是他立即与对方谈判取得机器的专售权，并辞掉工作致力于该机器的市场推销，一干就是15年。

1954年，克洛克前往加利福尼亚州的圣伯纳地诺城考察，之所以去那里是因为那里有一个小店一次性订购了八架多轴奶昔搅拌机，而在他过去15年的推销生涯中，从来没遇到过这样大的客户，凭直觉他感到这位客户的买卖一定很兴隆。

果然，到了圣伯纳地诺城，他看到了狄克和马克·麦克唐纳兄弟开设的一家小汉堡店。室内没有座位，菜单上只有奶酪汉堡、饮料、奶昔等速食产品，顾客可以在一分钟内点菜，并得到食物。虽然店内的伙计们忙得不可开交，但顾客仍然排起了长队。那一刻，克洛克看出他的客户所经营的餐馆简直就是一座金矿。

克洛克问餐馆的主人马克和狄克兄弟为什么不多开几家分店，狄克笑着指了指不远处山坡上一座白色的建筑说："看到那座房子了吗？那是我们的家，是我们世代居住的地方，我喜欢它，永远不想离开它。如果我们开了连锁餐馆，我们就永远不会有闲暇回家了。"

听完狄克的话，克洛克马上意识到机会来了，他对狄克兄弟说，如果他们能授权自己在全国各地开分店的话，自己将给他们兄弟提取利润的5%作为回报。面对不劳而获的收益，狄克兄弟马上答应下来。

接下来，克洛克开始着手分店的选址工作。1955年4月15日第一家分店在芝加哥开业，同年9月第二家分店在加利福尼亚开业，随后，增设分店的速度越来越快。1961年，克洛克以270万美元的高价向狄克兄弟买下了经营包括名号、商标所有权、版权及烹饪处方等各项专利，自己完全拥有了这一品牌。后来，克洛克创下的连锁餐馆已经在全世界六大洲的121个国家拥有30000家门市中心，年营业额超过了400亿美元，克洛克也因此跻身于世界富豪的行列。

对于美国人雷·克洛克的名字，我国人民知之很少，但他一手创建的快餐店的名字却无人不知，它就是世界两大快餐航母之一，与肯德基并驾齐驱的另一快餐巨头麦当劳。今天当一些人为雷·克洛克的发家史感慨万分时，亦有另一些人为那两位因追求安逸而放弃了成为亿万富翁机会的狄克兄弟而扼腕叹息。

已故的美国福特汽车公司总裁罗伯特·伍德鲁夫说过："未来属于不满足的人！"

无疑，舒适、安逸的生活很容易消磨掉一个人的意志，狄克兄弟便是一个例子。如果说狄克兄弟为了舒适的家失去的是麦当劳这一可以带来亿万财富的著名品牌的话，那么一个贪图享受的年轻人为此所付出的代价则是一生的碌碌无为。

原载于《辽宁青年》

买张机票发传单

文|路勇

2012年6月，女孩赵函从四川理工学院毕业。跟许多年轻人一样，她需要一个职业的平台，在这个平台上，开启陌生的职业生涯和另一段人生。

到了8月，赵函顺利地应聘到一家公司，这家公司是从事灯具网店推广和产品销售的。最初，赵函采取的是站街发传单的办法，在成都最热闹的春熙街，她诚恳无比又小心翼翼地发出一张又一张传单。许多路人厌恶地远远躲开，有的甚至连眼皮都懒得抬一下，而接到传单的也随手扔在了春熙街上。

一番辛苦却毫无收获，这让赵函有一点点失落，失落之后，赵函开始思考自己到底错在哪里。很快，赵函发现了问题的所在，高档灯具潜在的客源并不是路人甲乙丙，而应该是中高端消费能力的人群。到底在哪里寻找中高端的客户？最初赵函想来想去依旧一筹莫展。不过，在一次代表公司去机场接一位外国客户时，赵函突然意识到，中高端客户可能在"天上"。

找到了客户的所在，赵函异常兴奋，心底的想法也逐渐清晰。当赵函告诉自己的朋友们，她要买张机票去飞机上发传单时，朋友们纷纷说："赵函，你疯了，到飞机上发传单，亏你想得出来！""自掏腰包买机票，效果好不到哪里去，公司也不会为你报销，你这是何苦？""一架飞机能装多少乘客？你不如去坐火车发传单，那样岂不是既经济又实惠？"朋友或担忧或阻止或讽刺，然而赵函显然是主意已定。

8月中旬的一天，上班才半个月的赵函开始自己的行动。握着自己从网上花了1200元买来的往返飞机票，揣着厚厚一沓红色广告传单，赵函登上了成都飞往广州的航班。飞行中，空姐刚刚为乘客派完餐点，赵函就袅袅地站起了身，一张张红色广告传单落到同机的乘客面前。"飞机上也会遇到发传单的"，有人小声地嘀咕起来，更多人惊讶得眼珠子都快掉下来。很快，航班上的乘客人手一份广告传单了，赵函这才如释重负地坐了下来。第二天，类似的一幕又发生在广州飞往成都的航班上，赵函再一次将红色广告传单发给同机的乘客。一时间，赵函的惊人之举被乘客们谈论，有人还发出与她有关的微博。一石掀起千层浪，赵函的事迹被越来越多的人知道，有的人佩服她的壮举，也有人说她冲动、幼稚。

赵函回到成都不久，有一位收到广告传单的先生打来电话。虽然这位先生在电话里没有立即下单，但是他一方面道出对灯具产品高度感兴趣，另一方面也对赵函的壮举赞不绝口，还说希望下次的飞行中能再次遇到赵函。虽然赵函尚未正式完成一笔订单，但是赵函的老板却主动提出提前结束她的试用期，而一些猎头公司也纷纷寄来邀请函。不容置疑，属于赵函的职业生涯已然华丽地开启，等着她的是更加美好的未来。

许多职场新人总是埋怨机会难觅，其实只要心系公司、不吝啬个人的付出，职场上可望而不可即的胜机一定会及时地出现，更宽广、更坚实、更长久的前路自然会铺开。

原载于《风流一代》

一只攀上了高枝的鸡

文|朱砂

冬天，山里的食物越来越少，几只狼忍不住饥饿，趁着夜色悄悄地溜向山下的村子。

村口处有一家养鸡场，男人夜里去打牌，忘了锁上院门。

养鸡厂里灯火通明，狼群最初不敢靠前，直到一只探路的狼示意院子里没人，大家这才小心翼翼地走了进去。

遍地的美餐让狼群一阵兴奋，它们狂叫着冲进鸡舍，惊得鸡们四散奔逃。

一只逃出了鸡舍的鸡，原想奔向村里，不料慌不择路，竟然一路向山里奔去。

天明，等它终于看清了周围的景象时，却发现自己迷路了。

还好，对于一只鸡来说，山里各种植物的种子都可以成为它的食物，填饱肚子不是问题。

可鸡总觉得不安全，好在它会飞，虽然飞不高，但每个傍晚，它可以飞到离地面两米多高的一棵野山楂树上过夜。相比来说，这里要比地上安全了许多。

一天夜里，几只狼从树下经过，闻到了食物的味道，它们贪婪地向树上张望，非常想将那只鸡当作一顿丰盛的夜餐。

再次看到狼群，鸡非常害怕，然而很快它便发现，狼们根本不会爬树，这下鸡放心了，它一脸嘲讽地冲狼群叫着，气得狼群一顿狂嚷。

狼群在树下徘徊了好几个小时，却拿鸡毫无办法，最终只得沮丧地离开了。

战胜了狼群，鸡非常得意。以后的日子，它更加小心，就算是白天飞下树去觅食，鸡也会先张望许久，确信周围是安全的，它才会放心地从树上飞下来。如此产生的结果便是无论狼和狐狸怎样垂涎，也只能望鸡兴叹。

一次，鸡在外出觅食时，遇到一只松鼠，听说鸡住在坡下的一棵山楂树上，松鼠一阵嘲笑。松鼠一脸骄傲地告诉鸡，自己住在这山顶处最高的一棵树上，山下的一切都尽收眼底。

鸡很不服气，它想：自己有翅膀却比没有翅膀的松鼠住得低，这太不公平了。可是，它试了几次，还是无法像松鼠那样自由地在树林间跳来跳去。

毕竟鸡和人类在一起居住久了，心眼儿比一般动物要活泛许多。

一天，一只大象从树丛中走过，鸡想求助于大象帮忙，但又不想欠大象人情，于是，那一刻，鸡想到了一个办法：激将法。

鸡的一番巧舌如簧后，大象被激怒了。为了显示自己的威力，大象用自己长长的鼻子拔起了许多小树，纵横交错的树枝给鸡搭起了一个天然的梯子，不费吹灰之力，鸡也能像松鼠那样，爬上高高的树顶了。

冬去春来，鸡已经习惯了高处的生活，一想起自己当初在山楂树上过的那些心惊胆战的日子，鸡便忍不住窃笑。

夏天，一场突如其来的暴风雨打了鸡个措手不及。闪电夹杂着冰雹从天而降，狂风猛烈地摇撼着树干，鸡害怕极了，它想抓着树枝一点点地往低处跳，但树枝很滑，而且天很黑，它怕一旦把握不好掉下去摔伤了自己。如果换成当初在山楂树上，它还可以选择毫不犹豫地飞到地面上，找个树洞躲起来，然而这棵树太高了。

天明，风停雨歇。一只外出觅食的黄鼠狼意外发现了地上躺着的鸡：由于山顶上的风很猛，吹断了鸡栖息的那根枝干，鸡从树上掉了下来，枝干压住了鸡的一只翅膀。

瞅着这只肥嫩的鸡，黄鼠狼一阵欣喜，它一口叼住了鸡头，巨大的疼痛让鸡忍不住一阵哀号。

那一刻，鸡非常后悔，它恨自己为什么要妒忌松鼠，去攀这高枝，否则，如果还在坡下的那棵山楂树上的话，自己就不会落到今天这步田地了。

最终，鸡成了黄鼠狼的美餐。如此，也便应验了那句老话：这世上，在自己的能力所掌控的范围内的高度是最安全的，任何不择手段去攀高枝的行为也许可以使人风光一时，但终难逃脱站得越高摔得越重的命运。

原载于《少年文摘》